心に虹があると奇跡がおこる

東山虹子

青萠堂

詩

「虹」

私の心は　虹を見ると踊る
七色の虹は
雨が　空と大地を洗い流したその後に
屋根の向こうから
林の中から
山から山へ
未来に向かって
美しいその姿を現す

大空に　七色の虹を見つけたとき
私の目は輝き　心は喜びに震える
きっと　あの虹の彼方《かなた》へ行けば
私の探している何かが　見つかると
虹に向かって
どんどんどんどん歩いていくと
私によく似た　もう一人の自分がいた
「よく来ました　これからは
二人ですね」と微笑んで
私の心に　ぽっと
七色の　灯火《あかり》がついて

独りぼっちで歩く
不安や寂しさが
消えていった
二人で歩き始めて　気がついた
虹は有限の時間の中で
永遠の世界と希望を
教えたかったのだと
私の心は　虹を見ると踊る
小さい時からそうだった
いくつになっても　そうでありたい
みんな　永遠の旅人なのだから

（註・12ページの『虹』（原題 The Rainbow）の註を参照）

目次

yasoe Ito

3章　いつも、心は幸福でいっぱい・・・

1999.7.6

はじめに

Over the Rainbow

虹とともに生きる

虹

私の心は　虹を見ると躍《おど》る
子供の頃から　そうだった
大人になっている今も　そうだ
老いてもそうありたい
そうでなければ死んでいたい

註・英国の桂冠詩人、ウイリアム・ワーズワースの詩『虹』（原題Ｔｈｅ Ｒａｉｎｂｏｗ）より抜粋（『イギリス名詩選』平井正穂〈編〉岩波書店に収録されている）。本書の冒頭の詩はこの詩がもとになっている。

大空に七色の虹が架《か》かると、私は幼い頃から小さな胸を躍らせて、虹を見上げてこの詩を歌のように暗唱したものでした。

今、改めてこの詩をいつ、どこで、誰に教わったのかと問われると、一人の娘さんの美しい面影が浮かんできます。

当時、私の実家は、名古屋城の近くで松浦婦徳専修学校という花嫁修行の学校を経営していました。愛知・三重・岐阜県周辺の娘さんたちが寮生活で家事見習いをしながら、和洋裁、茶道、華道などを学んでいました。

その一人に、「やすさん」と呼ばれていた娘さんがいました。やすさんは、仕事で忙しい母に代わって、幼い私の世話をしてくれていました。男五人、女二人の七人兄弟の真ん中に生まれた私は男兄弟に囲まれて、思い通りにいかないことが多く、我を張ってよく泣いていたので、「お泣きのやっちゃん」というあだ名が付けられてしまいました。そんな時、いつも私の味方になり、慰めてくれたのがやすさんでした。

このやすさんが、男兄弟に意地悪されて泣きじゃくっている私に、この詩を子守唄のように歌ってくれたのかもしれません。何度も聞いているうちに、幼い私の心の中に刻み込まれてしまったのでしょうか。

戦争が激しくなり、岐阜の田舎に疎開し、戦後、名古屋に帰ってからは、彼女の消息はわからなくなり、二度と会うことはできませんでした。だから、私の心の中には、六歳頃に見ていた若くて美しいやすさんの姿が、この詩と一緒に浮かんでくるのです。

虹と言えば、家の玄関のカウンターに虹の写真を飾って、日に何回となく見ています。浅草橋のマンションに住んでいた頃、撮った写真です。

その日の朝、外出しようと身支度《みじたく》をしていて、ふと窓越しに外を見やると、うっすらと虹が架かっているのが目に入りました。慌《あわ》ててカメラを探し、夢中でシャッターを押していました。

東京の空に虹が架かるのを見たのは初めてでした。本当は初めてでなく何度か見ているはずなのに、東京へ嫁《とつ》いでから生活や子育てに追われて、心に余裕がなかったためなのか、虹を見た印象が消えてしまっていたのかもしれません。

縦長のLサイズの画面いっぱいに、半円形の虹がカラーで写っています。写真の虹色は薄ぼやけてはいますが、虹の好きな私の心をとらえ、奮《ふる》い立たせるのに十分な虹色を誇らしげに残しています。画面の隅に98・8・30とありますから、十年の歳月が流れていることになります。その後、本物の虹には巡り会っていないことになります。

圧倒的に素晴らしい本物の虹に出会ったのは、初めて四十二・一九五キロを走るホノルルマラソンに参加した時でした。完走賞のTシャツには、「1982」とプリントされています。二十六年前、四十六歳のことです。

十二月の第一日曜日、夜明け前のまだ真っ暗な朝六時、世界中から集まった何千人ものランナーが一斉にスタートしていきます。海岸通りを走り、ダイヤモンドヘッドの山裾《やますそ》にたどり着く頃には、太陽が昇り始め、まわりはだんだんと明るくなってきます。

ホノルルのスコールは有名ですが、この日も上り坂に差し掛かった頃から雨が降り出し、水滴が口の中に染み込んで走りにくかったのですが、立ち止まるわけにもいきません。やっと折り返し点のハワイカイにたどり着き、ほっとして気が緩んだのでしょうかとうとう歩き出してしまいました。その時、見物していた日本の青年が声をかけてくれました。「今、止まらないで。歩いているだけでも千人は抜けるから、がんばれ」。その言葉に励まされ、抜いたランナーの数を心の中で数えながら、やっとの思いでダイヤモンドヘッドにゴールインすることができました。「ふうっ」と長い息を吐きながら、海のほうに目を向けると、七色の虹が私の眼いっぱいに飛び込んでくるではありませんか。それも一つの弧でなく、水平線で分けられた空と海を大きなキャンバスにして、幾重《いくえ》にも重なるように……。

その幾重もの虹が私の体と気力にエネルギーを注ぎ込み、無事完走することができました。

その時の感動が、木曜文章サークルに入会しペンネームを決める時、私に迷うことなく、「虹」という字を選ばせてくれたのです。そして、母の名「紅子」の音「こう」を採《と》って、「虹子《こう》」と読むことに決めたのです。

今でも「虹子」と作品にペンネームを書くたびに、あの時のゴールの感動が、虹の残像とともによみがえってきます。

もう一度あのハワイの虹を見るためには、この七十歳過ぎた体を鍛え直さなければなりません。しばらく孫育てで中止していたジョギングは春から再開できれば、年甲斐もなく夢を膨《ふく》らませています。

たとえ老いても、虹を見て心を躍らせていたいのです。

もう一人の私の名前

生まれた時から今日までの自分を振り返ってみました。すると、私は「東」という字に縁《えん》があることに気づきました。

生まれたところが「名古屋市東区」。嫁いだところが「東京の東部で東向島」、しかも東京へ出てきたきっかけは「光は東方より」の言葉を信じて、真理の光を求めてのことでした。

『東』が決まってからは、どんどんとことが運び迷わず「山」にしました。「山のあなたの空遠く幸い住むと人の言う」という少女時代に親しんだ詩の言葉から選びました。

青空と山には虹が似合います。私は小さいころから、虹が好きで、よく歌った歌を今もはっきりと覚えています。

それはたしか「七色の虹」は、空とをつなぐ「夢の架け橋」のようなもので、もしも自分の願いが空に届くとしたら、世の中の重い「雲」も晴れていく……、このような内容の歌だったと記憶しています。

そうです、私はこの「雲」を取り除いて太陽のさんさんと輝く大自然の中で、世界中の人々と仲良く平和にこの世の中を謳歌《おうか》したいのです。そのための「一粒の種」になりたい。そんな願いをこめて、

「東山虹子《ひがしやまこうこ》」

というペンネームを誕生させました。

虹という字は「こう」とも読みます。

これからは、新生虹子に託して、言葉で綴《つづ》る幸福の花束をいっぱい創っていきたいと念じています。

1

Over the Rainbow

折々の季節の中で・・・

初孫

今年は、例年になく早めに衣替《ころもが》えの準備を始めました。でも、それは私に計画性があるということではなく、お産の手伝いに行く頃はすでに寒い時期だと、突然気づいたからです。初孫の出産予定日は、一カ月後の十月十九日なのです。

考えてみると、主人だけを残して、一カ月も家を空けることは、結婚以来初めてのことです。家事に手を出すのは男の恥と、かたくなに拒否し続けてきた主人は、洗濯はおろか、ご飯も炊くことができないのです。最近はコンビニへ行けば、何でも売っているので、食べることは大丈夫だと思いますが、留守中の生活振りが想像できるだけに、何かと心配で毎日気ばかり焦っていました。

九月二十一日の夕方、高層マンションにいるときに、娘から電話が入りました。

「たくさんの出血があったので、病院に電話をしたところ、もう少し様子を見るよう言われた。でも、心細くて……。家に何度電話しても誰も出ないし、お母さんの携帯にもつながらないし……」

携帯電話はとても便利なのですが、地下鉄や高層ビルにいると中々つながりません。

予定日までまだ一カ月もあるのにと驚き、動揺する心を押さえながら、まずは彼女を落ちつかせ、大急ぎで家路につきました。

娘は今、宇都宮に住んでいるのですが、夫の急な転勤で、大きなお腹を抱えて一人住まいをしています。出産が近づいてからは、東京から出向いては準備を手伝ってきました。しかし、このような事態が起こるとは予想だにしていませんでした。

わが家に帰ると、思った通り主人は何も知らずに眠っていました。早寝早起きの主人は電話のベルで起こされないように子機の音を消していたため、娘の必死のコールも夢の中までは届かなかったのです。

彼女の容体が心配で早速、宇都宮へ電話を入れました。しかし、今度は娘が出ないのです。虚しいベルの音を聞きながら、想像は悪い方へと広がるばかりです。急変が起きて病院に向かっているのではないかと、同じマンションに住む娘の友達に電話しようにも、その時になってはじめて、友達の電話番号を知らないことに気づくあり様です。

私の頭の中のコンピューターは、必死になってこのパニックから脱出するための回路を模索し、やっと病院のパンフレットを探しあてた時は、慌てるあまりダイヤルする手がふるえていました。

「夕方、お電話はありましたが、その後こちらには、お出でになってはいません」という当直の看護婦さんの返事に、ひとまず胸をなで下ろしたものの、その後、私の出来ることは、ただ電話を掛け続けることしかありませんでした。先程、娘が置かれた状態を今度は、私が体験させられているのです。

この電話で通じなかったら、すぐ宇都宮へ出発しようと、最後に掛けた電話がなんとつながったのです。先程の不安はどこへやら、

「出血がおさまってきたので、コンビニへ買い物に行ってました」

娘は何も知らず、明るい声で答えるのです。緊張を一度に解かれた私は、空気が抜けた風船のように、その場にしゃがみ込んでしまいました。

この事件があった五日後、いつもの定期検診から帰った娘から、

「明日産むことになったので、九時ごろ入院します」

と言ってきました。

予定より三週間も早い出産でしたが、前回「驚き電話」を体験している私は、入院時間に間に合うようにあわてないで翌朝、家を出ました。順調に生まれれば、

このまま一カ月は帰らないつもりで。

ところが、入院後、三日たってもいっこうに産まれる気配がなく、本人も元気なのです。四日目の朝、私は自分の大腸がんの検査を明日に控えていたので、東京へもどりました。

その朝、娘は、

「今度、お母さんが返ってきた時には、赤ちゃんは生まれているかも知れないね」

大きなお腹を撫ぜながら、少し寂しげな笑顔を残して陣痛室へ下りて行きました。

後ろ髪を引かれる思いで病院を後にし、家に帰りつくと、その足で銀行回りなどの仕事を終え、帰ったのは午後三時。病院からお産が始まったと連絡が入りました。大腸がんの検査をキャンセルして、すぐ宇都宮へ引き返す準備にとりかかりました。

しかし、主人は、

「お産は病気ではないのだから、医者を信頼して、出発は明日にしなさい」

交通事故を心配して許してくれません。

その時です。

「……このままいくと、母子共に危険な状態です」

という婿からの電話。弾かれたように家を飛び出した私たちは、気がつくと、車に乗っていました。

隅田堤から東北自動車道に乗り、混んでいなければ鹿沼インターには、一時間十五分で着くはずです。その間、私たち夫婦は一言も言葉を交わしませんでした。困った時の神頼みで、母子ともに無事でありますようにと、一心不乱に神仏に祈りました。すると、彼女の美点ばかりが思い出され、彼女の存在自体が私の幸福であったことに気づいたのです。

「将来のことを思って厳しくしてきたのに、こんなことになるのなら、なんでも好きなことをさせてあげればよかった」

後悔の涙をぬぐい、無事だったら第一にしっかりと抱きしめてあげたいと思いました。到着十分前にお産は無事終了、新生児はガラスの向こう側で、すやすやと眠っていました。その瞬間、私たち夫婦は、「爺婆《じじばば》になった」のです。泣いた烏《からす》はどこへやら、主人はもう目尻を下げて、

「人前では言えないが、本当に可愛いね。私はこの子に夢と希望を与えられた」

手放しの喜びようです。

生年月日　平成九年九月三十日
体　重　二千五百六十グラム
性　別　女

その後、孫は美来（みらい）と名付けられ、院長先生から、「大きくなって、顔を見せにお出《い》で」と笑顔で送られ、無事退院することができました。

春が来た

昨年の四月、東向島から浅草橋に引越して、早いもので再び春が巡ってきました。

わが家の小さなベランダにも、待ち焦がれていた春が訪れました。マンションの十一階は、自然環境はかなり厳しいのですが、てっせんも若草色の葉を茂らせ、枯れたように見えたブーゲンビリアも、四月も半ばを過ぎた頃には、ようやく茶色の芽を出し始めました。

しかし、なんといっても今年一番の春は、孫娘「美来《みらい》」の突然の上京でした。この小さな可愛い春の訪れは、次の日の夕方には去ってしまいました。

無事、東京駅で見送ったあと帰宅して、下駄箱の中にそのこぶしにも満たない、白い靴を見つけた時、あまりの小ささに、

「美来はまだ、こんなに小さいんだ」

と驚きました。それほど彼女は、私たち夫婦の心の中で大きな存在になっていたのです。

今回の上京は、私たちが会社のコンペで栃木ケ丘ゴルフ場まで行った折、少し足を延ばして、孫の顔を見に娘の住む宇都宮まで行ったのがきっかけです。

昨年の今ごろの美来は、ちょうど六ヶ月を過ぎたばかりで、人見知りをするようになり、出会い頭の私たちの歓声に驚いて大泣きされ、がっかりしたものでした。最近は顔を覚えていて笑顔で手を差し伸べ、抱っこをせがむようになっています。

宇都宮での夕食後、娘が明日一緒に東京へ行きたいと言いだしました。夫の社

内試験も近いので、静かに勉強する時間を作ってあげたいから……と言うのです。

それまでの私は、大抵のことは賛成していましたが、今回は叔母（母の妹）に、「……〝お婆《ばば》〟には、〝お婆〟の役割があります。可愛いからといって、甘やかしてばかりいたら、孫をダメにしてしまう……」

と忠告されていたこともあって、少し風邪気味の美来の健康を心配して反対しました。が、やはり一緒に行くという言葉に負けて、それなら明るいうちに浅草橋に着けるようにと、昼食後出発することにしました。

初めてチャイルドシートを取り付けたとき、美来は嫌がり座ろうとしませんでしたが、家でおもちゃにして遊んだり、落書きしたりしてお馴染みになっていましたので、自分から玉座のようなチャイルドシートに座って、自分でベルトをカチャッと入れて東京に着くまでぐっすり眠ってくれました。

せっかく東京に来たのだから、何か買ってやりたいという〝お爺《じじ》〟心で、家には立ち寄っただけで、デパートへ直行することになりました。

これからの気候に必要な、美来のカーディガンを探しました。適当なのがなかなか見つからないで、気に入った品は「贅沢すぎます」と、娘が反対します。

「私たち夫婦にとって、〝ご来光〟記念の品だから……」

と、白いベビーディオールのカーディガンを買いました。

早速、花柄のワンピースの上に着せると、少し長めの袖口を折り曲げる暇もなく、美来は走り出して、会う人ごとに可愛らしいしぐさで深々とお辞儀をして、愛嬌《あいきょう》を振りまきます。後を追いかけるのが大変でした。

閉店前のデパート売り場は、にわかに春が来たように明るくなりました。売り場の人の顔に笑顔の花が咲きました。

次の日の夕方、東京駅の改札口で、いよいよお別れのシーンがやって来ました。やっとの思いで里帰りしてきた娘を思いやり、少しでも負担を軽くしてやりたいと、そんな思いで孫の世話を引き受けてきました。別れ際に母親が抱っこしようとすると、私たちを後追いする仕草をします。夫が、

「こんなにされると、たまらないね」

と相好《そうこう》を崩します。

でも、それは一瞬だけで、母親に抱っこされた美来は、しっかり母親の胸にしがみつきます。娘の後ろ姿も、たくましい母親の背中に変身していました。

孫の元気な姿は、短い期間ではありましたが、「春が来た」という印象を残して去っていきました。

春たけなわ

ここ三〜四年、申しわけ程度に咲いていた君子蘭《くんしらん》が、今年は手入れがよかったのか、三月に入ると見事な花をいっぱい開かせてくれました。

君子蘭が咲き揃うと、次は、色とりどりのチューリップが咲きます。今は、「てっせん」が赤紫の大輪を八つも咲かせています。蕾《つぼみ》を数えると、あと四つ残っています。その内の一つは開花をもう待ちかねているかのように、紫色の花びらを緑の蕾の中から覗かせています。この蕾は明日きっと開きます。

「今年の向採会の展覧会には、この『てっせん』の花を描こう」

と心に決めました。

しかし、なかなか時間もなくて、このまま絵筆を持たずに過ぎると、蕾もみんな開いてしまいそうで心配です。

昨年のちょうど今頃、わが家を訪ねて来た友人が、手みやげに持って来てくれたとき、この「てっせん」には紫の花が何輪も咲いていました。小さい鉢だったせいか、手入れを少しでも怠っていると、葉がしおれてしまい、枯れそうになったことが何度かありました。

花たちが冬支度《したく》を始めた秋口、茶色のつるだけになってしまった「てっせん」をどうしたものかと思案していたころです。マンションのごみ捨て場に大きな植木鉢が捨ててありました。早速、持ち帰り、その植木鉢に枯れたような「てっせん」を植え替えてあげました。土を足し肥料もたっぷり入れました。

ところが、その冬、「てっせん」も私も苦労が絶えませんでした。ベランダも踊り場も狭いため、大きな植木鉢は邪魔にされ、何度も捨てられそうになったのです。そのたびに身の縮まる思いをしながら、「春になったら……」と耐え忍んだ甲斐あって、やがて隅田川の水がすこしずつ温むころ、小さな芽が出てきて、緑の新しいつるがどんどん伸び始めているではありませんか。やがて見違えるような「てっせん」に生まれ変わったのです。

花が咲きはじめると、「てっせん」は、掌を返すように家人から大切にされ、拾ってきた鉢まで立派に見えてきます。その美しい花は幼子が大空に向かって、もみじの若葉にも似た掌を思い切り差し延べているように見え、花の精霊《せいれい》たちが生命の喜びの歌を歌いあげているようです。何だか元気が湧いてくるような気がします。

連休明けには、「てっせん」の前の持ち主が、もう一人の友人を連れて、わが家を訪れます。今、彼女は大変な試練の中にあるにもかかわらず、困っている友人のことを自分のことのように心配して、少しでもその方の手助けをしたいと、一生懸命がんばっているのです。

残念ながら、私は彼女達に具体的なことは何もしてあげられません。でも、この春、わが家によみがえった「幸せの花」のことを伝えたいと思っています。「てっせん」だけでなく、他の植物たちも与えられた環境の中で、精いっぱい生きようと頑張ってきました。何度も枯れそうになっても、美しい花を咲かせるためにただ黙々と……。花は私たちに「忠誠努力して要求せず」を教えてくれたのです。

私たちも縁あってこの世に生を享《う》けているのだから、「素晴らしい人生の花」を咲かせましょうと、励ましの言葉を送りたいと願っています。

さあ、明日こそは蕾の残っているうちに「てっせん」の花を描こう。感謝の心を絵筆に託して……。

今まさに、私の心は春たけなわです。

五月の風

ようやく東の空が白み、小鳥たちがさえずり始める早朝、隅田公園までの散歩を日課にしています。

五月のある朝、いつものように秘密の迷路のような細い路地から路地へといくつも曲がって、隅田堤から桜橋にさしかかった時、さわやかな五月の風がサーッと吹き抜けて行きました。

「まぁ、気持ちのいい風……」

思わず歓声を上げてしまいました。その朝の感激は、その日一日に止まらず、今も心の中に生き続けています。

学生時代の英語の教科書に、風のことを書いた文章がありました。

「風とはなんでしょう。ゆるやかに吹く風のことを私たちはそよ風と言い、激しく吹く風のことを強風と言います……」

難しい英文法は忘れてしまいましたが、この文章を英語で覚えているのは、当時から風に興味があったのでしょうか。

風は目で見ることはできません。また、風を捕《とら》えようとすると、風は風ではなくなって、死んでしまいます。

風のことを考えているうちに、愛も風に似ていることに気づきました。せっかく尽くした愛も、その見返りを求めると、風のように死んでしまいます。本当の愛とは奪うものではなく、あの風のように与え続けて吹き抜けてこそ、生き続けることができるのです。

人に笑顔で接すれば、笑顔が返ってくるように、与える愛も循環《じゅんかん》しています。愛は循環し、自然に元の所へもどって来るのです。

隅田川の五月の風は、風神の大きな袋から出るとき、愛のメッセージを託され、さわやかに吹き抜けていったのです。公園の風があんなに優しかったわけが、分かってきました。

冬の朝、散歩に出るとき、私は毛糸の帽子に手袋、マスクと重装備でした。しかし、それでも冷たい風に当たると、悲しくないのに涙が出て、何度も拭かなければなりませんでした。

ところが、そんな北風の中でも公園の木々は、身を守るすべもなく、じっと耐えていました。しかも、私たちの見えない所で着々と準備をして、春には立派な花を咲かせることができたのです。だから「五月の風」は、神様のお褒《ほ》めの言葉「よく頑張ったね」というメッセージだったのです。

ところで、あの風がなぜあんなにもさわやかなのか、考えているうちに、「一つの法則」を発見しました。それは「風はサーッと吹き抜ける」というところに秘密があります。

心にわだかまりがあると、ストレスがたまり病気になります。血液の循環が悪くなるからです。自分の心の中も、血液がさらさらと流れる方法を考えました。

一 今日一日、苦しみや悲しみを心にためずに、さらさらと風のように生きることができたか。

二 今日一日、出会った人に愛を与えることができたか。そして、そのことに対して、見返りを求めなかったか。

三 今日一日、目に見えないメッセージに気づき、感謝の心を忘れなかったか。

この三つなら何とか守れそうです。

ある朝、桜橋で私の心を吹き抜けていったさわやかな五月の風、あの風の感触を忘れないで、残りの人生をサーッと吹き抜けて行こう……天国まで。

乾燥剤一筋、四十周年記念日

十一月十五日は義父である前社長の誕生日です。その日を私共の会社「アイディ」の創立記念日と定めてから、今年で四十周年を迎えることができました。創業は現社長である夫の誕生と同じ昭和五年ですから、この世に乾燥剤というものが誕生してから六十七年になります。

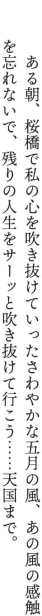

アイディ乾燥剤の発想は、夫の祖父です。生前、発明した中の一つが乾燥剤で、そのお陰《かげ》で、後に続く子孫が引き続き研究を重ね、世の中の進歩とともにニーズに合わせて現在に至っています。

若いとき主人は、「親の職業を継ぐほど嫌なことはない」と思っていたそうです。それで、「子供は自分の好きな道を進みなさい」という主人の意見に従って、長男は富士通に就職し、大型コンピューターの設計をしていました。しかし、乾燥剤の仕事が順調に発展し、会社らしくなってくると、やはり子供に継いでもらいたいという望みが強くなり、いろいろ考えた末、五年前に長男も入社しました。

今は社長見習いの専務として、三代目を継承すべく頑張ってくれています。

その長男が産まれた昭和三十五年に、東武線が高架《こうか》になるため、埼玉県越谷に工場を建てることができました。ですから、今度は越谷工場が長男とおない年です。産まれてくる赤ちゃんは、自分の禄《ろく》を持ってくると言われていますが、こうしてみてくると、子供の誕生日は、その家の事業や運命にも深い関わりがあるのを感じます。

創立記念日の前日、お見舞いをかねて、仲人の岩坂先生のところへご報告に上がりました。先生は食事の準備と「心に残る言葉」を用意して、私たちを待っていてくださいました。

「世の中には思いもかけないことが起こるものだ。大会社の社長をしていた人が会長となり、老後は悠々自適でゴルフでもして、のんびり楽しもうと思っていた矢先、突然、罪人となり、監獄に入れられるようなことが現実にある……」

昨今、話題になっているニュースを例にあげ、私たちの心のあり方を諭してくださいました。

　人間は少し余裕ができると、初心を忘れ、隆盛のときに衰退の原因を作るといわれています。先生は、私たち夫婦に慢心を戒め「盛時におごらず、衰時に悲しまず」と諭してくださったのです。そう思うと、身の引き締まる思いがしました。四十周年の祝いも時節柄、長男の専務の意見に従い、社内に止めて良かったと、胸をなで下ろしました。

　私どもの社名・アイディは、アイデアル《ideal》・デシカント《desiccant》（理想的乾燥剤）の頭文字から命名されました。毎月最終土曜日には、誕生会を本社と工場、合同で行っています。会食が始まる前に、その月に生まれた人に、社長から「お祝いの言葉」と「プレゼント」が贈られます。

　いつのころからか、私たち夫婦の誕生日にも、社員から「誕生プレゼント」が贈られるようになりました。それで、創立記念日には、「お返しの品」を選んで贈ることにしています。

　今年は皆さんの健康を考えて万歩計を選び、その万歩計を説明して渡す役を私が社長から仰せつかりました。

　これまで創立記念日に私が話すことは一度もありませんでした。せっかくの指名なので、何か「心の糧《かて》となる言葉」を添え、「お礼の品」を贈りたいと考えました。

しかし、短い時間の中で自分の思いを伝えることは、一時間の講演よりも遙かに難しいことを思い知らされました。

初めに「挨拶」と「プレゼントのお礼」と、「万歩計に関する話」を手短にして、前日の岩坂先生の言葉を引用しながら、最後に、

「私たちの心が喜び、幸せだと感ずる瞬間が二つあります。その第一は、人に感謝されたとき。人の役に立って喜ばれたときです。その第二は、学ぶことにより、自分の魂の成長を感じたとき。新しい真理に目覚めたときです。

皆さんから誕生祝いを頂くたびに私は、『はたして自分は、皆さんから誕生祝いを頂く資格があるだろうか』と、いつも自分を恥ずかしく思い、来年こそはもっと皆さんに喜んでいただきたい、お役に立ちたいと思いながら、今日に至ってしまいました。その歩いて来た道は、決して平坦な道ばかりではありませんでした。

しかし、多くの恩人や先輩、そして社員の皆様に支えられて、会社は無事、四十周年を迎えることができ、これ以上の喜びはないと、心から感謝しています。

世の中には自分の不幸を人や社会のせいにして、自ら不幸を招いている人がい

ますが、自分の人生は百パーセント自己責任と自覚し、人の喜びを喜びとして、日々学ぶ心を忘れずに暮らせば、人間は老後のことなど心配している暇なんかありません……」

スピーチしている間、横にいる社長から「短く」とか「感情的になるな」という注意が入るので動揺しました。しかし、途中で止めるわけにもいかず、度胸を決めて話し続けました。

「……『結局、ユートピアは心の中にしかできない』と言う人がありますが、私はそうは思いません。心にユートピアが出来れば、家庭がユートピアになります。そういう家庭が集まれば、おのずから会社も社会も世界も、いつかは必ずこの世にユートピアが実現すると私は信じています。まずはじめに願いありです。『袖すり合うも他生の縁』、こうして、一日の大半を一緒に働く私たちは、深い縁《えにし》のもとに集って来ていると思います。社員の皆様の幸福とアイディの益々の発展を祈り、来年はもとより五十周年の時も、一緒に創立記念日を迎えたいと念じています」

みんなの拍手で、私の羞恥心《しゅうちしん》は少し和《やわ》らぎましたが、お祝いの席は明るいスピーチの方が良かったのではないかと後悔しました。そんなとき、主人は、

「お前の言うように、志を高く持って、ユートピアとまでいかなくても、自分のことばかり考えていないで、少しでも社会に貢献できるよう、頑張っていこう」と言ってくれました。

その一言で私の心は安らぎ、使命が果せてホッとしました。

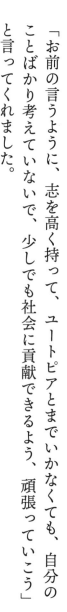

素直な心を大切に

十二月を待ちかねたように夫から、

「そろそろ正月の旅行を決めなくては、……まだ一度も四国に行ったことがないから、足摺《あしずり》岬の初日の出と四国周遊の旅というのは、どうだろうか」

と、パンフレットを渡されました。

今年は厄年《やくどし》のせいか、春早々から、思いもかけない出来事が続き、気がつくともう年末、旅行に行くことなど、すっかり忘れていました。

目はパンフレットの活字を追ってはいましたが、頭の中は仕事でいっぱい、思

わず、

「男の人って、のんきでいいわね……」

喉まで出かかった言葉をぐっと押さえて、取りあえず、

「はい」

とだけ賛成の意を笑顔に現わしました。実はたった今、これからは、もっと素直になろうと反省したばかりだったからです。

お釈迦《しゃか》様の教えにこういう言葉があります。

「この肉体は有限なり　生老病死《しょうろうびょうし》の四苦《しく》ありて　逃るることは難《かた》かりき」

祖父も両親も長生きでしたから、私の兄弟はみんな長生きだと思い込んでいました。しかし、六十九歳の兄と五十八歳の弟を相次いで亡くし、「肉体は有限であり、私自身も有限の時間の中に生かされているのだ」ということを痛感させられてしまいました。すると、突っ張って生きて来た自分の姿が浮かび上がってきたのです。

それは、まるでコンペイ糖のように、いっぱい角を出した、自我の強い自分の姿でした。もっと肩の力を抜いて素直に生きれば、あんなに苦労することもなかったのに……と、今までの自分が滑稽《こっけい》に見えてきたのです。

「ともかくもあなた任せの年の暮れ　〈一茶〉」

「仕事は出来るだけ頑張ればいい。何とかなるだろう。それより、せっかくのお誘いを素直に喜び、思いっきり旅を楽しんで来よう」

私は心のチャンネルを切り換えました。すると、いつもと違う私に気づいた夫は、

「大掃除や正月の用意は、二人で一緒にやろう。一人では嫌なことも、二人でやれば楽しいから……何でも手伝うよ」

そう言ってくれたのです。これは、わが家にとっては奇跡です。自分が変われば相手も変わる。与えれば与えられるという原理が即座に働いたのです。

その言葉どおり、暮れには、お風呂のカビ取りから大掃除やガラス拭き、手間のかかるくわいの皮むきまで手伝ってくれました。おかげで三十日、出発の朝には、心に重くのしかかっていた仕事も全部片づき、心おきなく旅立つことができました。

あの時、素直に「はい」と言えなかったら、こんな清々しい旅立ちを味わうことはなかったでしょう。

相次いで亡くなった二人の兄弟の置き土産に感謝。

がん検診に感謝

この出来事は一枚のはがきから始まり、解決を見るまでに六か月の時日《じじつ》を要しました。平成九年四月、住所を長男のマンションのある荒川に移してから三か月後、荒川区がん予防センターから検診のはがきが届きました。

今までも誕生月には、墨田保健所から健康診断の通知はありましたが、荒川区には保健所のほかに、がんの予防センターがあるのを初めて知りました。

区民の健康のために、予防医学に力を入れている荒川区は、とても進んでいると思いました。税金もこういうところへ使われると、払い甲斐があります。

がん検診を受けなければと思っていたところだったので、取りあえず胃と腸の検査を申込みました。

当日、指定された時間にセンターへ行くと、私と同じ八月生まれの人が二十人ほど、すでに来ていました。その時、内心、この中でがんを発見される人がいるのだろうかと、人ごとのように考えていました。

初めに簡単な問診があり、

「初めての検診でしたら、みんな検査されたらいかがですか」と親切に勧められ、思いがけなく肺・乳がん・胃・大腸・子宮がんと全部を調べてもらうことになりました。

小さい時大病をして以来、お産で入院したくらいで、病気らしい病気をしたことがありません。ですから、検査の結果についても、全く心配していませんでした。

やがて、次々と検査結果が送られてきて、最後の大腸がんに「要精検《ようせいけん》」という結果が届いたときは、何かの間違いではないかと、信じられませんでした。

それまで何も根拠がないのに、「私はがんにはならない」と思い込んでいました。でも、考えてみると、従兄弟《いとこ》が幼い子供を残して大腸がんで亡くなっています。家の家系にはがんはないと思っていたのに、母も弟もがんで亡くしましたので、人ごとではなかったのです。

その日を境に腸の精密検査のため、今度は日本医科大学付属病院に何度も通うことになりました。

最初の検査では、腸にバリウムを入れて腸内のレントゲンを撮りました。その結果、普通の人より私の腸は長くて、一センチ大のポリープがあると、レントゲンの写真を見ながら先生の説明を受けました。

しかし、素人の私には、どれがポリープなのか、写真ではよく分からないまま、今度は内視鏡の検査をすることになりました。

検査の日程も予約し、そのための薬もいただいて帰ったのですが、急に娘のお産が早まり、その手伝いのため、それから二か月間、私の検査の方はお預けになりました。

その間、いつのまにか、その噂が一人歩きを始め、

「……何か役に立つことがあれば、何でも言ってください」

と親切に電話がかかってきたり、

「ポリープがあるんですって、大変ですね。二センチと言えば、かなり大きいから手術するんですか……」

心配そうに、しかし、実は鬼の首でも取ったように電話して来る人もあり、検査も終わっていないのに、本物のがん患者にされてしまいそうでした。

十一月も終りに近づいたころ、やっと内視鏡検査を受けることになりました。

当日は病院の前まで、主人が送ってきてくれました。検査室の前には初老の男性が五～六人、中には奥さんが心配顔で付き添っている人もいます。大腸がんはな

ぜか男性に多いと聞きましたが、なるほど女性は私一人でした。

病院の服に着替えて、ベッドで待っていると、隣の患者さんと医師との会話が聞こえて来ます。

「内視鏡は初めてですか」

「いいえ、三年前にやり、胃潰瘍だと言われました」

「それじゃあ、少し組織を取りましょう」

聞いていて、胃がんに進行していなければよいがと、人ごとながら同情していると、いよいよ私の方も検査が始まりました。

内視鏡は痛くないと聞いていましたが、個人差があるのでしょうか、我慢していると、ますます痛さが増してきて、お腹を手で抑えることもできない状態なので、とうとうたまらなくなり、訴えました。

「先生、痛くて、これ以上続いたら悲鳴を上げます」

「そんなに痛くないはずなんだがなあ、あと三センチだけど……まあいいか」

と機械を止めてもらえました。

やっと人心地がつき、自分の腸内がビデオで写されていることに気づきました。

初めて見る自分の腸内はピンク色で、想像していたより、ずっときれいで安心しました。

「レントゲン検査にポリープがあると書いてあるけど、何にもないよ」

先生の言葉で六か月間の検査は終り、やっと無罪放免になりました。

あの時、ポリープがあり、がんになるということであったら、今どういう心境になっていることでしょうか。

最後に、先生に大腸がんの予防について質問したとき、

「女性の九十パーセントは便秘症です。どんな方法でもいいですから、自分に合った薬で、三日に一度はお通じがあるよう心掛けてください」

貴重なアドバイスをいただきました。

あのポリープ騒ぎは、いったい何だったのでしょうか。思えば、好奇心の多分に含まれた気持ちから受けた検診でしたが、病気になる前に疑似体験をすることができた私は、実は大変ラッキーだったと感謝しなければなりません。

春分の日

「おもいッきりテレビ」でおなじみの、人参ジュースの元祖、石原結實《ゆうみ》先生からスタッフの方の結婚式に招待を受けて、夫婦で出席することになりました。式は、春分の日、伊東市富戸《ふと》のホテル・サザンクロスで行われます。

その日の朝、

「結婚式は一時半だから、余裕をみて八時に家を出る」

夫の言葉に準備を急ぎ、予定通り車で家を出ました。ところが、ひどい渋滞に巻き込まれ、十二時過ぎても、まだ熱海の海岸をうろうろしているあり様です。この分では、いつ着けるか分かりません。先方へ電話で連絡しようとして、初めて招待状を忘れてきたことに気がつきました。

それにしても、この渋滞は……。そうだ、今日は春のお彼岸、お墓参りの車だ……と、日本人もまだまだ捨てたものではないなどと思っていると、急に車の流れがよくなり、やっと一時半に到着しました。やれやれ間に合ったと会場に滑り込んだのですが、どうも様子が変です。受付が片づけられて、人影もありません。

披露宴は一時からだったのです。三十分も遅れてしまいました。大急ぎで礼服に着替えて、会場にたどり着いたのは、仲人の石原先生が、新郎新婦の紹介をされていたときでした。スピーチが終わるまで、会場のドアの前で待つという大失敗をしてしまいました。

花嫁が、最後に両親に花束を送る前に感謝の言葉を述べました。

「……小さいとき、お母さんは体が弱く、病気で寝ているときが多かったので、何もできない私は、夜、布団の中で『いい子になりますから、どうかお母さんの病気を治してください』とお祈りしていたことを思い出します。でも、今は元気なので、安心してお嫁に行けます。お父さん、お母さん、いつまでも元気でいてください……」

の言葉に思わず、もらい泣きをしてしまいました。

その日の内に帰る予定を延ばし、石原先生のサナトリウムに一泊して帰りました。案の定、次の日も渋滞は朝から始まり、東京の家に帰り着くまでに八時間もかかりました。往復十三時間。しかし、今度は家に帰るだけなので、私は後部席ですっかり、幸せな気分になっていました。

「長い時間、一人で運転、ご苦労さまでございました」

夫にねぎらいの言葉をかけます。

「いやいや、お疲れさま。今回の結婚式はとても良かった。途中、トラブルもあったが、喧嘩《けんか》もしないで、とても楽しかった……」

「……あと、何年生きられるか分からないのに、もったいなくて、喧嘩なんかしてる暇はありませんでした。思い出は、できるだけ美しくしておかなければ……」

そう答えた私は、ついさっき読み終わったばかりの本の一節を思い出しました。その本には、「思い出は、できるだけ美しいものにしておくことが大切」と書かれてありました。

渋滞のお陰で、春分の日にふさわしい学びができたことを感謝しました。

やどかりの引越し

「変化は新しい人生にチャレンジするチャンス」とばかり、住み慣れた東向島を後に、ここ浅草橋に引越してきて、もう四か月が過ぎようとしています。

新居は、メゾン・ド・ヴィレ浅草橋の十一階建ての十階にあります。二ＬＤＫの間取りは前より少し手狭にはなりましたが、かえって機能的で台所や浴室、フローリングなどにも住みやすさの気くばりが感じられ、快適に暮らしています。

ベランダから見える景色は、いかにも都会的で、夜ともなると、高層ビルの屋上に赤い電灯が無数に灯され、まるで蛍が飛び交っているようです。赤い蛍は不夜城《ふやじょう》さながら、一晩中点滅しています。このベランダでそよ風に吹かれながら夜空を眺めるのが、一番、気に入っています。そのうえ、昼間以上に夜の雲は次々と〝名画〟を見せてくれます。

そろそろ隠居して田舎暮らしをと考えていた主人は、新都市開発をしている地方へ下見に出かけたり、関係の本を買ったりしていたので、ふと、今ここで都会の蛍を眺めているのが、夢ではないか……とさえ思えてきます。

昭和三十四年、名古屋から東向島へ嫁いで来たとき、わが家は戦災を免れた木造二階建てと三階建てが二軒つながった古い家で、部屋数だけでも十五室ほどありました。いわゆる職住一致で、住み込みの従業員を含めると、何と十七人もの大家族でした。近所にも町工場が多く、そのころは騒音や煙に悩まされましたが、下町独特の活気がありました。

東武伊勢崎線が高架になる計画のため、仕事場の一部が削られることになり、工場は越谷へ引越しました。その後、すぐ近くに五階建てのマンション、サニーフラットが出来たのを機に、家族も移転することになりました。サニーフラットはその名のごとく日当たりが良く、当時はとてもモダンでした。

やがて、本社が神田に移り、数年前古い家を売却したときには、サニーフラットへ移ってからでも十八年が経っていました。子供たちもそれぞれ独立し、残されたのは、古い道具といつの間にか六十の坂を越えた夫婦だけになっていました。

そんなある日、

「朝のラッシュを毎日、神田まで通うのが辛くなった……」

という主人の言葉に、長男が提案してくれました。

「それでは、本社の近くへ引越したらどうですか……。もう東向島にいる意味がなくなったのですから」

主人の夢を大切に見守りながら、田舎暮らしへの賛否を保留していた私は、さらに都心へ住むという思わぬ発想の転換に、心身ともに若返る思いがしました。早速、神田近辺を当たってみましたが、そのあたりは一ＬＤＫが多く、新しいマンションで適当な物件は見当たりませんでした。

夢で終わるかに見えた引越しが、にわかに現実になったのは、息子がインターネットで建設中のメゾン・ド・ヴィレを見つけてくれたからです。

メゾン・ド・ヴィレ一〇〇一号室との出会いは大変ラッキーでした。それは最近になって分かったことですが、五十戸のうち、等価交換の部屋は別として、二ＬＤＫは十階に一つしかなく、後は全部一ＬＤＫとワンルームだったのです。情報を手に入れるのが早かったから、二ＬＤＫに引越しすることができたのです。

「これからの世の中は『情報』が商品として売られるようになる」とは聞いていましたが、すでにそういう時代が来ているのを感じました。

さて、いよいよ引越しとなると、何しろ半世紀以上も同じところに暮らしていたのですから、その歴史の重みが肩にずっしりと食い込んでいて、なかなか大変でした。

古い家を処分してサニーフラットへ移った時、荷物をかなり整理はしていたものの、先祖伝来の家具は手放し難くサニーフラットの和室にはまだ六本の桐ダンスが置かれ、リビングには大きなサイドボードや重たい大理石のテーブルまで残っていました。トランクルーム、倉庫、友人のアパートと収納場所を探しましたが、適当な場所が見つかりません。

問題が解決しないまま、引越しの日がどんどん迫ってきます。

「とりあえず、サイドボードと洋服ダンス二つも持っていこう」

収納場所を心配していた私も、黙って賛成しました。

しかし、その一言のために、新しいリビングは、大きなサイドボードの圧迫感で家具置場のようになり、ベッドルームには四本の洋服ダンスのため、ベッドは一つしか入りませんでした。結局、それらの家具は再度、引越ししなければなりませんでした。しかし、思いがけなく友人の別荘の一部を借りることになり、残っていた荷物と一緒に、無事収納することができました。

こうして、やっと新しい生活は始まり、日を重ねるにつれ、

「引越しできて本当によかった。夫婦二人だけではとてもできなかった」

主人は長男に感謝し、長男は長男で、

「お父さんは頭が若くてありがたい。あの時、賛成してくれなかったら、僕だってなんにもできなかったのだから」

この引越しを通して、親子が理解を深めることができたのは、何よりの収穫でした。

今回の体験を生かして、

「引越しは、やどかりのように自分の体に合った貝を探せばいい。今度は家具付きのマンションにしよう」

やどかりの成長に負けない自分作りを考えながら、今夜もベランダに出て、夜空のキャンバス一杯に描かれる雲の芸術のなかに自分の夢を探します。

（平成十一年五月、すみだケーブルＴＶ「区民のひろば」で朗読された作品）

なくした鍵

九月三日は夫の誕生日です。明日は忘れないで、朝一番に、「おめでとう」を言おうと思いながら床につくと、午前三時に目が覚めてしまいました。

外は暗く、まだジョギングには早いので、残暑見舞いを頂いてまだ返事の出していない方に手紙を書くことにしました。手紙の相手は離婚問題の渦中にあるので、自分の失敗談を通してお役に立てればと思っています。

振り返ってみると、私たち夫婦も来年、結婚四十周年を迎えます。ここ浅草橋へ引越してきて五か月になりますが、新婚のスタートから大家族だったこともあって、夫婦二人だけの新生活は、さぞやすばらしい家庭生活になるであろうと期待していました。

しかし、二人きりになると、今まで我慢していたのでしょうか、夫は前よりもワンマンになり、私は朝から晩まで「秘書兼主婦業兼お手伝いさん」を勤めなければなりません。その上、早朝のジョギングのお供まで一日中一緒で、自分の時間が取れません。それでも、長年の勘で素直に従っていれば、波風は立たないで過ぎていきます。

ところが、「私は〝ドレイ〟ではない」と小声でストレスの解消をしたのが、夫に聞こえてしまったのです。こういうのを「地獄耳」というのでしょうか。キッチンからの声はメガホンで話すように声が大きく聞こえることが、後で分かりました。その一言が原因でその後、〝冷戦〟が長く続き、もう二人共うんざりしていました。

そんな時、「鍵紛失事件」が起こったのです。

ちょうど、娘達が里帰りしてきたときのことです。そのキーホルダーは、鍵のなくなる前夜に娘がプレゼントしてくれたものでした。鍵を付ける金具とキーホルダー自体を鞄などに付ける金具の間にプラスチック製のピンクのバネがついていて、引っ張ると伸びるので、とても使いやすいホルダーなのです。

その夜、私は新しいキーホルダーと万歩計を肩ひもに付け、何でも口に入れたがる孫に見せびらかしながら、みんなで馴染みの金太楼寿司で夕食をとりました。

次の朝、机の上には万歩計しかなく、鍵が見当たりません。そのキーホルダーには三つ鍵が付いていて、その中の一つはスペアーがないのです。娘達が発つ朝の出来事なので、心配をかけないように「孫と散歩」と言いながら、昨夜歩いた道で鍵を探して歩き回りました。立ち寄ったお店も探し、警察にも届けました。

日がたつにつれて、ピンク色が目に映ると、「もしかして鍵ではないか」と期待しました。しかし、それから半月たっても、鍵は出てきませんでした。

ある朝、目が覚めると、やはり午前三時でした。すぐになくした鍵のことが頭に浮かび、あれこれ思いを巡らせているうちに、ふと、なくしたのは鍵ではなく、〝もっと大切なもの〟ではないのか。それを気づかせるために鍵は〝神隠し〟にあっているのでは……」という気がしてきました。

掛け違えたボタンは全部はずして、初めから掛け直すしかありません。一つずつボタンを外しながら、義務的で思いやりのない自分になっていたことに気づきました。

やっと感謝の心がもどってきたとき、夜の闇は去り、鳥籠では小鳥が鳴き始め、夫も起きてきました。早速、感謝の思いを込めて明るく、

「お誕生日おめでとうございます」

と言うことができました。

「ありがとうございます。無事この日を迎えられたのも、あなたのお陰です」

思いがけない言葉が返ってきました。

五時半、ジョギングに行く時間です。外へ出て振り返ると、リビングの窓が開いていました。もどって閉めようとした時、何気なく空を眺めると、虹が出ていました。

浅草橋に来て、初めて見る虹でした。急いでカメラのシャッターを押しながら、今日はきっといいことがある、虹は天からのご褒美だと思いました。

その日、旅行から帰ってそのままになっていたキャスター付き旅行鞄を片付けようと、何気なくファスナーを開けました。

ピンク色が目に飛び込んできました。

鍵と確認しても心が否定し続け、それが本当に探し求めていた鍵だと分かると、

目の前がパーッと明るくなりました。
瞬間、私は一刻も早く夫に知らせようと、受話器に走ったのです。

2

Over the Rainbow

喜びも悲しみも人生の歩み・・・

私の名前

私の名前は、八十江と書いて「ヤソエ」と読みます。八十江という名前は、父の恩師である法学博士　廣池千九郎《ひろいけちくろう》先生に付けて頂きました。

命名　松浦八十江
昭和十一年八月二十五日生
霧積温泉にて　廣池千九郎

と書かれ表装されたものを、嫁いで来たとき「お前の宝物として大切に持っていなさい」と父から私の手に託され、今も大切に保管しています。

廣池博士とは、独学で法学博士になられたのち、人間の真の幸福は法律では得る事ができないと悟られ、道徳の実行の効果を科学的に証明した学問を開かれた方です。

私の兄も守次と言う名前をいただき、現在廣池学園で教師をしています。

幼い頃、私は自分の名前があまり好きではありませんでした。姉の陽子という分かりやすい名前がうらやましくて、自分の子供には「子」の付いたかわいい名前を付けようと、心ひそかに思っていました。

小学校の頃は「ハナエ」とか「ヤトエ」とか読み間違えられ、嫌な思いもしましたが、中学のとき受持ちの先生に「いい名前ですね」と褒められたりするうちに、自分でもだんだんに好きになっていきました。

名前の意味が知りたくて、辞書で調べたこともありましたが、その時は漠然としていてあまりよく分かりませんでした。

当時、「八は末広がりで縁起がよい」という考え方や、「百ではなくて八十の方が発展の可能性を感じさせ、謙譲の美徳を表している」という意味をくみ取ることはできなかったのです。

江は大きな川、中国では長江（揚子江）のことで、広くて大きいことを意味しています。いつの日か、洋々たる長江をこの目で見るのを楽しみにしています。

世の中には同姓同名の方が沢山いらっしゃるのに、八十江という名前は見たことがありません。既成の名前ではなく、私のために考えてくださったのだと思うと、今ではこの名前を誇りに思い、博士や父に心から感謝しています。そして名前負けしないような自分になりたいと思っています。

ちなみに結婚して二男一女をもうけ、娘には「真理子」と念願の「子」のつく名前をつけました。

駆け足履歴書

今年の八月二十五日で、私は還暦《かんれき》を迎えます。気がついて振り返ると、時の流れの早さに、我ながら驚いてしまいます。

還暦とは、人生の折り返し点。この節目にあたって、自分の過去を見つめ直し、反省することが出来るのは、とても幸せな事だと感謝しています。

年譜を調べていると、いつしか、心は過去へタイムスリップして、両親の愛が身にしみます。自分史はお世話になった方々に感謝の心で綴りたいと思います。

昭和十一年の夏、七人兄弟の真ん中に私は生まれました。不思議なことに、三年前の同じ八月二十五日、すぐ上の兄・守次も生まれているのです。暑い最中に母はさぞかし大変だったことでしょう。

「同じ誕生日なのだから、大きくなって離ればなれになっても、誕生日には便りを出し合おう」

と二人で約束したのに、いつの間にかそれも忘れていました。

以前、私の生まれた頃の様子を、母にたずねたことがありました。

「貴女の生まれた頃、お父さんは、日の出の勢いで、席の温まる暇もなく活躍されて、ちょうどお誕生のころ、湯あがりでさっぱりした貴女を抱いて『おお、この子はもうこんなに大きくなったのか』と驚いてらした」

と話してくれました。私は子供心に父の頑張っている様子を想像して、誇らしく思ったものでした。

私は、小学校入学の年の正月に、着られない晴れ着を着て風邪をこじらせたのでしょうか、大病を患《わずら》ったことがあります。それは「肋膜肺炎膿胸《ろくまくはいえんのうきょう》」という大変な病気で高熱が続き、やっと熱が下がった時は、衰弱しきって歩くこともできなくなってしまいました。

そして、その時経験した臨死体験や、しばらく後遺症をかかえながらの生活をしていた中での経験は、私の人生行路に大きく影響していきました。

さて、そんな折、世間では戦争が激しくなり、一年生を終えると大急ぎで、愛知県中島郡の妙興寺へ疎開しました。また、それからも終戦で名古屋に帰り、小学校を卒業するまでに、私は六回も転校をしなければなりませんでした。

この学業の基礎を作る大切な時期に、しっかり勉強出来なかったことは、とても残念でしたが、志を捨てず、自分の時間を持てるようになった今、あらためて学ぶことが出来る環境にとても感謝しています。

「女の子は、いいお母さんになるのが一番幸せだ、花嫁修行に行きなさい」

という父の言葉に大学行きを断念して、東京へ嫁いで三十六年、三人の子供も独立して、いつの間にか夫と二人の生活。

「人生は一冊の問題集」と言いますが、いろいろな難問がありました。しかし振り返って見ると、どんなことでも弱音をはかず、ここまで歩いて来られたのも、両親や家族、そして私の周りの多くの方々のお陰でした。

人間は百二十歳まで生きる事は可能だと言われています。であるならば、六十歳はマラソンで言えばちょうど折り返し点です。まだ目標の半分しか来ていません。

還暦の還は還元の還。これからはいっぱい頂いた幸福の花を、まわりの人々に手渡し、頂いた幸せを還元しながら、栄光のゴール目指して、夫婦仲良く歩いて行きたいと願っています。

懐かしの村の思い出

二度目に疎開した蛭川村《ひるかわむら》は、絵に描いたような美しい山村でした。私たちがお借りしたのは、林さんというお宅の隠居所で、母屋の前の池には、鯉がいっぱい泳いでいました。

大きな母屋にはおじいさんと両親、それに学校の先生をしている兄さんと、私と同い年の女の子の五人で住んでいました。

サンタクロースのような赤い鼻のおじいさんは、「オジーオジー」と鳴くかごの鳥に、いつも「あいよ」とやさしく返事をしていました。自分を呼んでいるように聞こえたのでしょう。

お父さんは大柄の静かな方、お母さんは小柄な上品な方で、私をいつも可愛がってくださいました。

お兄さんは、初めて会ったとき話を聞いていると、会話の中に何度も「おんし、おんし」という言葉が出てくるので、「唖《おし》」と言っているのだと思っていました。後になって、それはこの地方の方言で、「お前」という意味だと分かりました。

女の子は満寿子という名前で、とてもおとなしく先生に指されると、恥ずかしそうに蚊の鳴くような、かぼそい声で答えていました。

そんな弱々しかった彼女が、風の便りで小学校の先生になったと聞いて驚いてしまいました。人生とは本当に不思議なものだと思いました。

往復二里の山道を通う学校生活と、勤労奉仕、山河を駆けめぐって遊んだそれらの思い出は、都会では決して味わうことのできない貴重な体験でした。

満寿子ちゃんと私は、山の中に二人だけの秘密の隠れ家を作り、いろんな遊びをしました。あの時、口の中を紫色にして食べた桑の実や、池に落ちそうになりながら取った蓮の実の味は、今も忘れられません。

二人で道端に種を蒔いて、枝豆を収穫したときは、見つからないように隠れ家で茹でて食べました。それも今では懐かしい思い出です。

その頃、我が家では祖父と七人兄弟の扶養家族を抱えた両親は、家族のお腹を満たすのに毎日大変でした。栄養のないうどんを、いくら食べてもお腹が満足しないのです。

そんなある日、めずらしくカボチャのいっぱい入ったご飯を炊いたのです。ご飯は母屋の「くど」(かまど)を借りて炊いていたので、雨上がりの軒下を通る時、姉が足が滑ってオカマをひっくり返してしまいました。可哀相に姉はどんなに心と体が痛かったでしょうか。それなのに無慈悲な妹は、

「カボチャご飯がもったいない」

と残念に思ったことだけ覚えています。

私たちがお借りした隠居所は、真新しくて、二階に上がる階段の側面を利用して、引出しがいっぱい作ってありました。なにもかも新しいので、子供たちが汚さないかと、母はいつもハラハラしていました。

終戦後、父は蛭川村よりさらに山奥に疎開をして、牧場の仕事をしようと考えていました。結局それは取りやめましたが、すぐに名古屋には帰らず、ひとまず岐阜県の多治見にまで出ることになりました。

最後に蛭川村を立つ時、おばさんが

「やそえちゃんの花嫁姿がみたかった」

と涙ながらに見送ってくださった姿が、今も目に焼きついています。自分の娘と同じ年だから、そう思われたのでしょうか。

いつの日か、蛭川村へ、九歳の私を探す旅に出かけたい、そして小学校の先生になった満寿子ちゃんや、お世話になった家族の皆さんに、もう一度お礼が言いたいと願っています。

武勇談の追憶

私の兄弟の上三人は、当時としてはハイカラなキリスト系の幼稚園に入園しましたが、私から下四人は幼稚園には行けませんでした。不景気の上、戦況もあやしい雲行きになり、それどころではなかったのです。

名古屋も危険になってきたので、私の小学一年が終わるとすぐ、愛知県中島郡妙興寺というところで、大きなトラック七台分の荷物を持って疎開しました。父は恩師廣池博士から、今後の社会情勢をうかがい、まだ誰も疎開をしないうちに、決断・実行をしたのです。

その時から終戦まで、幼少時に田舎生活を体験できたことは、私にとっては不幸中の幸いでした。虚弱体質も遠い田舎道を歩いて毎日学校へ通ったり、お寺の境内で夢中になって遊んでいるうちに、だんだん改善され元気になっていきました。

妙興寺時代の思い出は、忘れられないことがたくさんあります。

疎開するに当たって、お世話下さった中井さんも妙興寺のお寺の離れに住み、名古屋のご本宅は宮家が使っていらっしゃいました。中井さんのたった一人のお孫さんに、やす子ちゃんという私より少し年上の女の子がいました。やす子ちゃんの生活は七人兄弟の私から見ると、まるで夢のようでした。遊びに行くと美しい絵本を見せてくれたり、オルガンを聞かせてくれたりしました。接触した期間が短いだけに、その印象は強く、いつか私もやす子ちゃんのような生活がしたいと憧れていました。

終戦後、私が二十歳の時、孔子の七十七代目の子孫である、孔徳成先生が名古屋にお出でになり、中井さんのご本宅の前で、私は先生に花束贈呈をしました。

その時の写真が今も残っています。立派なお屋敷の門が写っていますが、今は料亭になっています。最後にやす子ちゃんと別れてから、五十三年の月日が過ぎましたが、幼い頃の憧れの気持ちは、今も変わっていません。

目標があると人間はそれに向かって努力することができます。良い目標を与えてくれたやす子ちゃんに今も感謝しています。

ちょうどその頃、濃尾地震が起きました。私が机に向かって勉強していると、目の前の壁が倒れました。急に明るくなったので一瞬、何が起きたのか理解不能に陥ってしまいました。

庭の柿の木の実がいっぱい落ちて、お寺の石灯籠がゴロゴロ転がっていたのが印象的でした。大きくなってから大変大きな地震だったことを知りました。

名古屋城が空襲で焼失した夜は昼のように明るく見えました。まず照明弾を落として明るくし、目標を定めて爆弾をいっぱい落としていき、遠くで見ている子供の目には、両国の花火のように見えました。

ますます戦争が激しくなり、学校帰りに田んぼの中の一本道で、飛行機から射撃されるようになりました。

先生から教わったように、急いで田んぼの中に身を隠して、そっと上を見ると青い空に白い輪がいくつも残っていました。弾の出した煙です。なぜだか恐怖感はなく、急いで隠れたことは、自分の中では武勇談のような形で残っています。

ここにいては危ないと判断した父は、さらに山奥の岐阜県蛭川村というところへ再び疎開しました。

長い年月が過ぎ、今、幼い頃のことを思い返してみると、懐かしいことばかりであの厳しい戦火の中、必死で私達を守り育ててくれた両親の苦労を思うと、感謝の言葉もありません。もうすぐ二十一世紀が来ます。どんな時代が来るのでしょうか。長生きして、とくと見たいものです。

なくした一枚の写真

戦争の洗礼を受けたせいか、私たちの幼いころの写真は、数えるほどしか残っていません。

当時我が家では、「松浦婦徳専修学校」という和洋裁の学校を両親が経営していました。

若い女性の寄宿生が大勢いて和洋裁を学ぶと同時に、家事一般の花嫁修行を兼ね我が家の炊事・洗濯・掃除・子守等を交代でやっていました。

そんな寄宿生の中の一人で、主に私の世話をしてくれたのは、やっさんでした。両親が忙しいので幼い私は、やっさんのことをとても慕い、頼りにもしていました。

お姉さんは何人もいましたが、美人で優しいやっさん以外は、一人も覚えていません。

私が慕うので、やっさんも歌を教えてくれたり、彼女の休みの日には、遊びに連れて行ってくれたりもしました。

そんなある日、熱田《あつた》神宮へお参りに行ったときのことです。

市電がとても混んでいて、私は先に乗って振り返ると、やっさんが乗る前にドアが閉まって、電車が動き出してしまいました。

やっさんも驚いて、何かを叫んでいますが、聞こえません。おそらくは
「次の駅で降りなさい。すぐ後から追いつくから」

と言っていたに違いありません。しかし、私は生まれて始めてのこの恐怖。と

ころかまわず大声で、助けを求めて、泣き叫びました。

走りかけた電車も、とうとうたまらず停車し、無事やっさんと再会出来ましたが、なぜだかこの事件はこの部分だけ、鮮やかに覚えていて、それからどうなったかということの記憶はありません。

その後、やっさんは年季が明け、家に帰り農家へお嫁に行ったと聞きました。あんな美しい人が、農家へお嫁に行ったのは、残された家族の食糧のためだと聞いて、やっさんがとても可哀相だと思いました。

あれから五十有余年が過ぎましたが、名古屋の実家には、その頃の卒業記念アルバムが今も残っています。

しかし、やっさんの顔写真のところだけ、空白になっています。それは私がこっそりはがして、いつでも見られるように、持ち歩いていたからです。

私はやっさんの本当の名前も、顔も覚えていません。大切にしていたが故に、やっさんの写真だけがないからです。あの写真はどこに行ってしまったのでしょうか。

電車が走りだして、また止まったとき、やっさんは懸命に電車を追いかけてきてくれました。再びやっさんの手の内に帰ることができた時、私はどんなに嬉しく、安心したことでしょうか。

この事件のことは、私は誰にも話しませんでした。言えばやっさんの落ち度になると小さな心で考えたからです。

美しいやっさんの顔も忘れ、消息も分かりません。しかし、迷える子羊に温かい手を差し延べて、私を助けてくれた、やっさんの温もりを忘れてはいません。

だから今改めて、やっさんに心からお礼を言います。

「醜いアヒルの子のように、いじけた女の子を愛し守ってくださって、本当にありがとう」と。

そして、気高い白鳥のように成長したとは言いがたいけれど、

「やさしい三人の子供を授かって、幸福な結婚生活をしています」

と報告をします。

終戦を迎えて

あれは暑い夏の日でした。ラジオから天皇陛下の詔勅《しょうちょく》の声がながれ、戦争が終わったことを知りました。あの時、もう少し戦争が続いていたら、私たちはどうなっていたでしょうか。

終戦の日を思い出すと、私には浮かんでくる光景があります。夏の日差しにキラキラ輝きながら流れていた小川と、柿の皮の甘さに驚いたことです。それは平和がもどってきた喜びの表現だったのです。

小川にかかった、板を渡しただけの小さな橋を渡ると、日溜りに柿の皮が干してありました。

「食べてごらん」

と誰かに勧められたような気がして、柿の皮を口に入れて驚きました。その柿の皮の甘いこと、昔食べた甘いお砂糖を思い出しました。それまで、この世の中にお砂糖があるということを、すっかり忘れていたのです。

その後、蛭川村で終戦を迎えた我が家には、また大きな岐路が忍び寄ってきていました。父と兄はここよりさらに山奥の大博士《だいはくし》村に移り住み、牧場の経営をすることを考えていたのです。

それは姉が十四歳、私が九歳の時でした。蛭川村ではその頃、進駐軍が上陸してきて若い女性は連れて行かれてしまう、という噂が流れていました。

父が名古屋に帰らず、山奥に避難しようと考えたのは、その噂を心配してのことだと兄に聞かされたのは、父が亡くなって八年も経ってからのことでした。

丑年生まれの父は、若い時相撲や柔道で体を鍛え、入隊中の武勇談は有名でした。

私たち子供を叱るときは、

「……言うことが聞けないのなら、お父さんはお前を叱らなくてはならないか…」

と言うだけで、一度も子供に手をあげたり、怒り声を出すこともありませんでした。

それだけに父親としての威厳が前面に出ていて、内心はあまり分かりませんでした。ですから大博士村の話を聞いたときは人の心の中を覗いたようで、感謝の心でいっぱいになりました。

結局、大博士村の話は中止して、その後一家は岐阜県多治見市前川町の山裾に移り住むことになりました。

兄は父を助けて製粉所を始め、サツマイモの茎まで乾燥して、苦労して粉末にしてくれました。

母と姉は裏山の段々畑を耕して、サツマイモや野菜を作ってくれました。慣れない作業の上、山の斜面が足元がおぼつかなくてつまずいた拍子に母の肩から天秤棒が外れたのかこえ桶がひっくり返ったりして大変でした。

その頃、多治見の小学校では、演劇がとても盛んで、年に一度の発表会には、各学年が競って大作を発表していました。

私は転校してきたばかりで、なにも分かりませんでしたが、声が大きいのを認められて、バックコーラスの中に参加させてもらいました。

学芸会の日は、町中お祭り騒ぎでとても賑やかでした。私たちの演劇がどんな内容だったかは、あまり覚えていませんが、歌の一節だけは今も歌えます。

「地獄の鬼の力を見たか　ひとつき突けば　どてっぱらに　穴があ〜あくぞ」

と。この一節を口ずさむと、大きな鉄棒を振りかざした赤鬼が、すごんで見せている様子が私の脳裏に浮かんできます。

その後、この演劇に影響され、近所の子供たちを集めては、当時話題になっていた「浦島太郎」をもじったお話を台本から、役作り振付けまでして遊びました。私は乙姫様の役ができるので嬉しくて、しばらくの間は飽きずに毎日お姫様を演じていました。

間もなく名古屋で二軒分のバラックが手に入り、私たちは懐かしい古巣へ帰ることができ、いよいよ本格的に戦後の生活が始まったのです。

あの時、戦争に負けた日本が、今日のような繁栄を迎えることができると予測できた人がいたでしょうか。

人と人が国益のためとはいえ、殺し合う戦争は大変不幸な出来事でした。そのために多くの犠牲者を出し、日本という国の存続さえも危ぶまれながら、奇跡の復興を遂げることができたのも、多くの方々の犠牲と生き残って懸命に働いてくださった方々のお陰です。

私たちはそれらの人々に感謝して、自分のできることで、社会に貢献し、次を担《にな》う子供たちに、よりよい社会をバトンタッチしなければと思っています。

二十歳の純粋

「私は十五歳から二十歳まで、闇屋《やみや》をやってたのよ。それが、だんだん嫌になってきて二十歳の時、とうとう家出をしたの」

初めて姉・陽子の口から聞く闇屋とか家出の話に、私の目は鳩のように、まんまるになってしまいました。平成九年一月に上京してきた姉を、東京駅へ送って行く車の中でした。

たった一人の姉妹である姉の事はなんでも知っていると、思い込んでいた私には、とてもショックな言葉でした。しかし思い返してみても、小さい時の六歳の開きは大きかったのでした。私が物心ついた頃は、もう姉は千葉県柏市にある廣池学園に勉強に行っていました。

終戦後その当時、どこかの検事さんが食糧難で餓死された話は有名ですが、食べ盛りの男の子五人を抱えた十人家族のわが家の台所は、戦争のようでした。母と姉は、手持ちの衣料とか、仕事をしていた頃の糸や針などを農家へ持っていき、お米やサツマイモ、野菜に変えて家族を養ってくれていたのです。

その頃、十歳になっていた私は、弟たちの面倒を見ながら、朝から何も食べないで、ひたすら母達の帰りを待っていたときもありました。

飽食の時代では想像もつかないことでしょうが、几帳面《きちょうめん》な長兄が何でも均等に分けてくれました。それでも蜜柑を半分ずつ分けるときには、大きい兄弟が大きい方を取るのを、羨ましく思ったことをいまだに覚えています。

その頃のことを今思い出すと、大きな体の兄たちが、空腹を抱えてどんなに辛かったかと思うと、

「私は体が小さいから、お兄ちゃんに上げる」

となぜ言えなかったかと、自分のさもしい心が恥ずかしくて涙が出てきます。

買い出しは姉の担当でした。姉が言うには、兄は感情を顔に出しがちで、取締まりに合うと、せっかくの食料は没収されるし、父はそういうことには向かない人。姉は度胸が座っていて、物おじしないので、家族の食料確保係をしていたのを闇屋と称し、悩んでいたのです。

当時の配給だけでは、餓死するしかありません。売るものもない人はどうしたのでしょうか。姉は悩みストレスのあまり、顔がアトピーになり、家出を決意したのです。

防空頭巾《ぼうくうずきん》をかぶり、かすりのもんぺをはいて、朝、未だ暗い内に家を出て、始発のバスに乗り、名古屋駅に向かったのです。

名古屋駅に着くと、そこは昼間の駅とはうって変わって、進駐軍がいっぱいで、若い娘の行くところではありませんでした。乗合わせたバスにあわてて乗ると、そのバスは東山動物園行きで、姉のあとに男性が一人乗り込んできたそうです。

やがて終点の動物園に着いたときは、まだ薄暗くてもちろん動物園も閉まっています。姉が降りると、男の人も降りたので、これはおかしいと気づいて、すぐ向こう側に渡って、折よく来たバスに飛び乗りました。すると、その男の人もあわてて、飛び乗ってきたそうです。

今度のバスは名古屋城行きでした。朝の名古屋城は人通りもなく、ひっそりとしているので、もう絶体絶命、必死の覚悟でバスから降りると、ちょうどタクシーが来ました。当時のタクシーは車の後ろで木炭を炊きながら走るタクシーで、一般の人には料金が高くて乗れなかったそうです。

「ちょうどお客を下ろしたところだから、乗って行かないか」と、声をかけられました。見ると、顔見知りの運転手だったそうです。我が家の隣は、東和というタクシー会社だったのです。

地獄で仏です。付いてきた男は諦めて、どこかへ行ってしまい、姉は無事家に帰ることができました。こうして短い家出事件は、大事にいたらないで終了しました。

家では置き手紙を前に両親が顔を合わせて、警察に届けようかと、思案をしているところでした。

「ただいま」と、元気に帰ってきた娘を見て、両親は大喜びで胸を撫で下ろしました。両親は姉に長い間苦労をさせたことを詫び、相談の上、千葉へ勉強と家事見習いに行かせることになりました。

そこで出会ったのが、九州からたまたま来られていた矢野という先生でした。

先生は姉の顔を見るなり、

「私はちょうど漢方の先生を連れてきています。薬を調合させますから塗れば必ず治ります」

と、親切に言葉をかけていただきました。やがて、その言葉通り姉の顔は卵の皮をむいたように美しい肌にもどりました。

その後、その先生に、

「九州にいらっしゃいませんか、お父様にも私からお許しを得ます。旅費も出します……。」

と誘いを受けました。姉はその時、何のためらいもなく、「はい」と答えました。それがその後の姉の運命を決めたのです。

結婚はあの世から生まれてくる時、自分の魂の一番修行になる人が約束して現れてくるといいます。

結局、このことが縁となって姉は九州へ嫁ぐことになりました。

人生を一つのドラマに見立てると、その筋書きは見事なまでに、精妙にできています。「はい」という一言は、言うべくして言わされている感じもします。その後の姉のたどってきた人生は、まさに姉の魂修行に最もふさわしいものでした。なぜならば六十七歳になる姉は今、最も輝いていて、幸せの真っ只中にあるからです。

「お姉さん、本当にありがとう。両親亡きあと私は兄や姉を両親と思い、これからはいっぱい恩返しをします」

と言うと姉は、

「まぁそんなに言っていただいて……」と下を向き、目を伏せました。

私はそんな姉の仕草に二十歳の頃の純粋な心を見ました。そして、口ずさむのです。

「やっぱり、人生は素敵だ」

わが青春の遍歴

私は父をとても好きで尊敬していました。

兄たちは悩んだり反発したりしていましたが、「私は父の意見と自分の考えが同じだから、素直に従いながら、実は自分の思い通りに生きているのだから幸せだ」と思っていました。

しかし、大学進学に際して、

「女の子はいいお母さんになるのが一番幸せだ。家事見習いに谷川温泉へ奉仕に行きなさい」

と言われてしまったのです。

実は私は心密かに学びたい、進学したいという気持ちを強く持っていました。

けれども、まだその当時は自分が何を求め、何を学びたいのかが、うすいベールの向こうにあって、はっきりした形になっていませんでした。そのため父を説得することもできないまま、群馬県利根郡水上町谷川へ一年間花嫁修行にいきました。

人生の中で最も楽しい時期に、自分の描いていた理想とかけ離れた場所での修行は厳しく、精神的にも不安定になり、体調をくずして一時帰宅療養をしなければなりませんでした。

しかし、「可愛い子には旅をさせろ」の言葉どおり、その後、この時の体験は無駄ではありませんでした。挫折を体験しないまま結婚していたら、おそらく今の幸せはなかったであろうと思っています。

先日、夫に

「今までの人生の中で一番楽しかったのはいつ?」と聞いてみました。

「そりゃあ大学時代だよ。わが青春に〝食いなし(悔いなし)〟で、食べるものはなかったけれど楽しかったなぁ。何といっても若さがあった、夢と希望があった。それにあの頃はまだ責任がなく気楽だったから」

と言っていました。

大学は私にとっては未知の世界ですが、知らないということは、知るという楽しみが残っています。私は女であることで進学出来なかったことは残念でしたが、そのことを不平に思ったことはなく、むしろ今では父に心から感謝しています。

二十年ほど前に私は、走ることの楽しさを知り、ホノルルのフルマラソンに五回チャレンジしました。

人生もマラソンによく似ています。

六十歳になった今、どんなことでも最後まで諦めないで、希望に向かって走り続けたい。そして、今度生まれたときは大学へ行き、自分の人生の目標に向かって大いに羽ばたきたいと念じています。

ふるさとの歌

忘れ得ぬ歌といえば、ためらうことなく「ふるさと」の歌が脳裏に浮かんできます。

幼い頃歌った歌は、それぞれに懐かしい思い出ですが、この歌はその後、私の行く先々でオアシスとなってくれました。

「ふるさと」の歌に、初めて出会ったのは小学校二年の時、二番目に疎開した山深い山村、恵那の蛭川村でした。

「まだ少し早いかもしれませんが、今日は皆さんに「ふるさと」の歌を教えてあげましょう」

と先生に言われ、「めぇぐ〜ぅり〜て」を感情込めて何度も練習をしました。

その当時はまだこの歌の意味を理解するよりも、もっと上級生になってから教わる難しい歌を、特別に教えて頂けることが嬉しく、誇らしく思えたものでした。

「東京砂漠」という言葉がありますが、都会生まれの私が「ふるさと」の詩に歌われているような大自然に包まれた第二の心の故郷を持てたのは、とても幸せなことでした。

疎開先の母屋《おもや》の同い年の娘、満寿子ちゃんとは、山越え谷を渡って学校へ行くときも、野山を駆けめぐり遊ぶのもいつも一緒でした。

日が暮れ夕日が茜《あかね》色に空を染めるころ、帰路の長い道のりを、「夕焼け小焼け」や、「ふるさと」の歌を歌っては帰ったものでした。

この歌は、過去・現在・未来と三節に分かれています。幼いとき自分を育ててくれた故郷を後にして、老いた両親のことを心配しながら、いつの日か故郷に錦の御旗を掲げて帰りたい、日本人なら誰でも知っている歌です。

人生には自分を磨くためにところどころに進歩するための問題集が用意されています。やっとの思いでいくつもの峠を越え、経験が自分を育ててくれたとき、初めて両親や故郷の本当のありがたさが身にしみます。

ようやくにして、「本当の自分とは何か」が少しずつ分かりかけたとき、この歌を前世・現世・来世に置き換えて歌ってみると、目から鱗《うろこ》がとれたように、感動の涙が溢れて止まりませんでした。

「人間はどこから来て、何のために生まれ、死んだらどうなるのか」。このことは私たち人間にとって永遠の課題です。

自分の問題集と環境を自ら選んで生まれてきたのなら、苦難や障害の問題に当面することはチャンス、上級の問題を目指すテストと思えば、このテストに挑戦しない手はありません。問題から逃げないで、感謝の心で勇気を持って立ち向かうとき、苦しみは朝露のように消え去るでしょう。

自分は自分の影に怯《おび》えるドンキホーテのようで、影は執着の心なのだと気がつきます。

こよなく愛する両親がこの世を去って、すでに十年が過ぎようとしています。

やがては私も両親の元へ帰る日が訪れます。

その日には、「お父さん、お母さん、約束通り『こころざし』を果たしてまいりました」と胸を張って報告できるような生活と仕事をして、帰りたいと願っています。

その時には、感謝の心を込めて〝一千万本の赤いバラの花束〟を贈ります。

蛭川村の満寿子ちゃんは、その後風の便りに、小学校の先生になられたと聞きました。とてもおとなしくて、蚊の鳴くような小さな声の彼女が…と驚きましたが、多くの問題集を乗り越えて自己変革し、立派な先生になられたことでしょう。

地図でやっと蛭川村を見つけました。

五十数年ぶりに「ふるさと」の歌をもう一度満寿子ちゃんと唄いたい。

そこにはきっと、新たな発見が待っている、そんな予感が私をわくわくさせます。

心の故郷

地図で見ると日本は、ちょうど「海の怪獣リヴァイアサン」のような形をしています。

その怪獣の〝お腹《なか》の部分〟に位置する、愛知県名古屋市に私は生まれました。昭和十一年八月二十五日に産声《うぶごえ》をあげた時は、二男二女の末っ子でした。家族の愛を一身に受けられる予定が、次々と三人の弟が生まれたので、もっぱら子守係になってしまいました。

当時はまだ封建的な時代で、女は男の後という風習が残っていました。神仏への礼拝の時なども、私は姉なのに、弟達の後なので納得できませんでした。

いよいよ小学校入学という年に「肋膜肺炎膿胸」という大病を患い、両親の真剣な看護のお陰で一命をとりとめました。この病気のお陰で私は、両親の子供に対する真剣な「親の愛」に接し、よりいっそう親への想いが深まっていきました。

戦争が激しくなり、愛知県の中島郡の妙興寺から、また岐阜県の蛭川という田舎の村へ疎開してからは、ひ弱だった私も心身ともに健康になり、自然の中で野山を遊びまわっていました。

しかし、勉強しなかった「つけ」はしっかり回ってきて、長い間自分で自分の自尊心を傷つけ、ひそかに苦しんだ体験は、今では得がたい心の宝となっています。

やがて成人式を迎える頃には、「人間はなぜこんなに苦労しなければならないのだろう。苦労するために生まれてくるのであれば、結婚して子供を産んで、その子がまた同じことを繰り返すのは、罪の再生産ではないのか」と真剣に悩んでいました。しかしいつまでも両親に心配をかけているわけにもいかず、二十二歳の時に東京へ嫁いで来ました。

親の元を離れてみて、はじめて故郷の本当のありがたみが身にしみました。「故郷とは遠くにありて思うもの、そして悲しく歌うもの」ということば通り、なぜあんなにふるさとが恋しかったのでしょうか。

その実態を究明しようと、実際に実家のまわりを歩きまわり、故郷なるものを探したことがありましたが、どこにも見当たりませんでした。

年月が流れ、両親も亡くなり、あんなに帰りたかった故郷も代が変わって長兄の子供たちの故郷となり、私の中の故郷への思いも、だんだん変わってきました。

結局、故郷とは「これが故郷だ」という形があるのではなく、見えないけれど実存する、限りなく神仏の心に近い、親の子を思う慈悲の心だと思います。

私は疎開のお陰で、思い出深いたくさんの故郷を持つことができました。特に自然の環境の中での経験は、私の心を優しく育ててくれました。

子供たちが巣立っていった後、今度は私たちが子供の「故郷」です。

自分が親にされたように、すばらしい「心の故郷」となれるよう、心がなければと念じています。

新しい風

平成十五年が江戸開府四百年の年と知ったのは、春まだ浅い三月の頃でした。不忍池の朝の散歩から帰ってきた夫が、

「音楽堂の近くに、徳川家康から十五代将軍までの写真と、エピソードが掲載されているんだが、名前がなかなか覚えられなくて。たまには昼間の暖かい時間に、

散歩がてらに出かけてみたらどう？」

体調を崩したあと、しばらく朝のウォーキングも休んでいた私に声をかけてくれました。

その朝のカレンダーの言葉に、

「・週一回の運動は病気知らず、
・週二回運動をすることができれば、平均以上の体力を維持することが可能であり、
・週三回、あるいはそれ以上、何らかの運動ができれば、おそらくは積極的な思考の持ち主になっていくでしょう」

と書かれているのを読み、さらに、テレビ番組で、

「骨の栄養は、関節と関節の間にある海綿体に含まれており、体を動かすことによって骨の中に吸収される。骨を老化させないためには、運動が不可欠である」

ということを知り、運動しなければと焦っていたので、不忍池のストレッチ・サークルに参加することを決意しました。

マンションの十階から見渡せる不忍池には、東の空が白み始めると、夜明けを

待ちかねたように大勢の人々が、それぞれの目的を持って集まってきます。コンクリートやアスファルトの道路ばかりの都会の真ん中に、土の上を歩く道が残されているこの池の周辺は、犬たちの格好の散歩道にもなっています。毎朝、いろいろな珍しい種類の犬が散歩していて、ドッグショーを見ているようで楽しいものです。

ランニング、ウォーキング、ラジオ体操、太極拳、ストレッチ、それに近くの会社のグループが何組か、軍隊の教練さながらに、号令をかけながら体操やジョギングをしている団体もあります。

ストレッチ体操には、以前から通りかかると、後ろの方で遠慮がちに参加していましたが、今回は正式に入会することにしました。

「おはようございます。伊藤と申します。どうぞよろしくお願いいたします」

と、会長に挨拶すると、

「こちらこそよろしくお願いします。このグループは、もう二十年も続いているんですよ。私は、毎朝、白山から走ってくるんです」。

私は快く受け入れてもらい、春の公園ストレッチデビューを果たしました。

あれから六か月が過ぎ、毎朝のストレッチ体操のお陰で、体力も順調に回復し、精神的にもかなり積極的な思考ができるようになっていきました。

その日の朝八時五十分、散歩から帰ってきた夫と交代に七時からのストレッチに遅れては大変と慌てて出かけようとしたとき、

「今日は銀行回りの後、工場へ一緒に行くから」

という夫の言葉に、すでに予定があった私は、素直に「はい」と返事ができませんでした。

結婚当時は職住一致の大家族であったが、今は夫婦二人だけの生活なのに、どうして私はもっと優しく素直になれないのでしょう。反省しながら不忍池に急ぎました。

ストレッチの帰り道、弁天堂へ向かう天竜橋に差しかかると、橋の上で大勢の人が池の中を覗いています。近づいてみると、カルガモの夫婦に珍しく雛《ひな》が寄り添っています。

「あ、雛が」

独り言のような私のつぶやきに、隣にいた中年の男性が、

「昨日は二羽いたんだけど、今日は一羽になっちゃった。最初は四羽だったたんだけどね。なにしろ、空からはカラス、水の中にはでっかいライギョ、この池では

雛がなかなか育たないんだよ」

テレビでカルガモ一家の、かわいい引越しを何度か見たことのある私は、同じ雛なのに自然淘汰とは言え、大自然の厳しさに心が痛みました。

カルガモの雛に心を残しながら、いつものように大黒天と弁天様にお参りし、ボート池を右に曲がると、池のほとりの木立を見上げて何か話している男性がいます。周りには人がいない。その優しげな様子に興味をそそられ、思わず声をかけました。

「何かいるんですか」

「うん、鳥なんだけど、カーカーと鳴けないカラスなんだよ」

「じゃぁ、なんて鳴くんですか」

「アーアーって鳴くの。毎朝、ここへ遊びに来るんだよ」

近寄って見上げると、動物園との境に立つ楠の枝に、小柄なカラスが私を恐れることもなく相手になってもらいたそうに、アーアーと鳴いています。

その時、後ろの茂みの奥から、

「だれと話しているの？」

男性の声が聞こえました。思わず振り返ってみましたが、だれも見当たりません。

　なんと優しい波動でしょう。その短い言葉は私の心の琴線にふれて、なぜだか涙が溢れそうになり、慌ててその場を離れました。

「どうしてあんなに優しい言葉が出るのだろう」

　今朝の反省を通してその疑問は、私の心を離れることはありませんでした。文章を書く勉強を与えられてから、問題に対して常に考え続ける習慣を得たことは、私のその後の人生にとって大変幸運でした。

　その日から「誰と話しているの」という優しい声は、私に何を教えようとしたのか……を考え続けていました。

　二十二歳で名古屋から、職住一致の大家族の家に嫁いできて、今年は四十五年になります。過去を振り返っているうちに、舅に言われた言葉を思い出しました。

「わしの田舎では、短気で怒りっぽいことを『あっちゃらいの系統』という。伊藤家もその系統で、たとえば人が痛がっている傷口に、塩を塗って擦り付けるような物言いを平気でする。しかし、言葉が荒いが、心根は優しいんだから」

「女は言葉で傷つく」と言われていますが、夫は伊藤家の伝統を引き継いで、立派な「あっちゃらいの系統」です。永い間、私はその「あっちゃらいの系統」のために、心に傷を受けてきたと思っていました。しかし、よく考えてみると、原因がないのに怒る人はいません。

四十五年間、相手が「短気で怒りっぽい」と事前に教えられていたにもかかわらず、非を相手にだけ押し付けていた自分がありました。問題が起きるのは、私の方にも相手を理解できていない面があったからではないのか。相手を理解するためには、相手の言うことをよく聴かなくてはなりません。しかし、普通の人にとっては当たり前であっても、短気で怒りっぽい「あっちゃらいの系統」の人に対するには、大変な努力が要ることです。

そのことを嫁いで来て間もなく、舅から教えられていたのに、相手に適切な対応ができていなかったということは、真に相手を理解していなかったのではないのか。理解ができれば問題は起こりません。理解ができないから、問題が起きます。「理解した」は「愛した」と同義なのではないのか。そして愛はすべてを包み込むような「優しさ」です。

天に口なし　人をして言わしむる

「だれと話しているの」というあの私を感動させた言葉の波動は、「相手を理解するよう努力し、愛の器を広げなさい」という私へのメッセージだったのだと、ようやくにして気づくことができました。

人生は筋書きのないマラソンのようなものです。雨の日も嵐の日も、暑い日も寒い日もあります。どのような人生コースであっても、ランナーとしてよりよき走り方を続けることが大事なのです。

今年の夏は冷夏で日照時間が少なく、蓮の花も葉ばかり茂って花は少なく感じました。もう夏は終わりかと寂しくなりましたが、九月に入ると連日三十度を越す猛暑がもどってきて、セミが鳴き出し、蓮の花も再び咲き始めました。

なんて太陽の力は偉大なんでしょう。私もこれからは心に太陽を持って生きよう。

新しい風が、優しく私の心を吹き抜けていったその日の朝、我が家に奇跡が起こりました。

ストレッチから帰り、玄関で「ただいま」と挨拶すると、リビングから、

「おかえりなさいませ。お風呂に先にどうぞ。ゆっくり入ってください。にんじんジュースを作るのは、お風呂に入ってからでいいですから」

夫の返事が返ってきました。

これからは相手を理解する努力を惜しまず、心に太陽を持ち、日々に学び、その経験と知恵と愛の器を広げていこう。

そう決意を固めると、「あっちゃらいの系統」は影を潜めてしまったのです。

あの日、心細そうに親鳥に寄り添っていた雛の姿は、次の日、どこを探しても二度と見ることができませんでした。

3人の子の親として

親友の自殺に大ショック

昭和十一年八月二十五日、名古屋で父・松浦香の次女に生まれた私は、五人の男の兄弟の真ん中にかこまれて育ったせいでしょうか、モラロジーでいうところの自我が人一倍発達していました。ですから、東京へお嫁入りいたしまして、今年の五月でちょうど十年になりますが、その間、問題に事欠かぬ有様でした。しかし最近になって、なるほど最高道徳の精神になることがいかにむずかしいか、ようやくわかりかけてきました。

私たちの年配の者が、戦後の民主主義教育を受けたはしりでございまして、戦前の終身などというものは、話には聞いていましても、ぜんぜん知りません。自分たちが生きていくだけで精一杯の中での学校教育であり、しかも国家の方針すらあやふやの世の中でした。

小学校から高校まで、ずっと男女共学ですから、昔の男尊女卑の精神などもってのほかで、男だとか女だとかに関係なく、実力のあるものが上でした。上級生になるにつれて、いわゆる異端の学問を一生懸命勉強しているのですから、だんだんとすべてのことに批判的になってきました。そしてよく、寝ている父の枕元にいっては、いろいろ質問したりしましたが、その頃は、説明を聞いてなるほどとは思っても、自分の意見も正しいと思っていたのでした。

よく女には親友はできないといわれていますが、私は男の子がうらやむほどの親友がありました。特にAさんは、頭もよく親切で、皆から慕われ、卒業するまで学級委員をしていたほどでした。

彼女は戦前は経済的にも恵まれた家庭に育ちましたが、戦後は郊外の小さなバラックで大勢の家族と共に、気の毒な生活をしていました。非常に苦労された結果でしょうか、やがて彼女は共産党に興味を持つようになりました。そのため彼女に連れられては私も、メーデーの時、共にスクラムを組んで労働歌を歌ったこともありました。

私は別に共産党に関心があったわけではなく、歌が好きでついていっただけでしたが、彼女は本気で共産主義に心酔していました。

高校卒業後、私は、両親のすすめで社会教育講座を受け、続いて一年間谷川温泉で奉仕させていただきました。その間に、彼女は無二の親友として、毎日のごとく手紙をくれまして、私をはげましてくれたものでした。

その彼女が、どうしたものでしょう、突然服毒自殺を図《はか》りました。あれほど自由を叫んでいた彼女ですので、神様から与えられた、たった一つの命までも、自分の自由にして死んでしまいました。

あまりの突然のことに、私は一週間誰とも口を聞く気になれず、泣いてばかりおりました。父はそんな私を見て、ついに大喝一声、「そんなに大切な人ならば、どうして生きているうちに救ってあげなかったのか。友達になれば何を悩んでいたか少しはわかったはずである。毎日人心救済にご奉公している父を持ちながら、なぜ相談しない。死んでから泣いたとて何になる」と叱り飛ばしました。

今日になって考えてみますと、あの時彼女に誘われるまま同じ道を進んでいたら、今頃私の運命はどうなっていたことでしょう。また父が廣池博士から教えを受けていなかったら、おそらくあの時、私を叱ってくれなかったでしょう。

恵まれた環境に育つ

私のモラロジー歴は父母及び祖先の余徳《よとく》と申しますか、母親の胎内から始まっています。自分の不出来には関係なく、モラロジーの教学に対しては絶対で、いわゆる私にとって、モラロジーは水や空気のようなものでした。ところがその反面、私自身は、一度相手の欠点を見ると、理屈だけで相手をやり込めてきましたから、たとえ理屈では勝ったとしてあと味が悪く、いつも心からの安らぎはありませんでした。それですから、ある時主人から「お前は『論文』をスカートにはいたような女だ。俺は最高道徳と結婚したおぼえはない」と、叱られたことがありました。

現在私は、三人の子供の母として、幸福な家庭生活を送っておりますが、何かにつけ、生みの母と自分とを比較して反省しております。私の母は娘の私から見ても、本当に幸せな人だと思っております。私も、母の年になるまでに、母のような妻になりたいと思っております。

しかし私の娘時代には、父から何をいわれても、ただ「はい、はい」といっている母を見て、かわいそうだと思っておりました。ある時、「お母さんは、どうしてこんなにお父さんに尽くせるのか」と聞いたことがありました。すると母は、「フフフ」と笑い、恥ずかしそうに、

「私たち夫婦は普通の夫婦と違ってネエ、私は若い時、お父さんに精神を救って

もらったから、私にとってお父さんは恩人です。あの時お父さんに救ってもらわなかったならば、今の自分はないと思うと、自分のことなど考えられない」と申しました。事実母は、一度も父に対して反抗や反対をしたことがなく、まったく父を尊敬し信頼しきっています。

私の生まれました昭和十一年は、名古屋で第五回講習会が開かれ、モラロジーが旭の勢いで発展している時でありました。父は、非常に張り切って毎日ご奉公している時でしたから、家にはほとんどおりませんでした。そんな時に私が生まれたものでしたから、もったいなくも廣池博士が私の名付け親でありました。

生まれて一年位の間、父は私をぜんぜんだっこしてくれたことがなく、一年も過ぎたころに、「おう、この子はもうこんなに大きくなったのか」といって、初めてその時、抱いてくれたそうです。こうした毎日でしたのに、母は少しも不平をいわず、祖父母に仕え、子供たちを育て、事業の責任も一手に引き受けていたのでした。

私が小学校へ入学する年の二月のことでした。私は肺炎から膿胸という病気になり、高熱のため、医者は、とても重態であると申したそうです。その時父は、廣池博士のお写真の前にひれ伏して、「もし、この子が少しでも人心救済のお役に立つとおぼしめしならば、一命をお助けください」と、神様にお願いしてくれました。そのためか、さすがの大病も、翌日から少しずつ薄皮をはぐごとく全快に向かったそうです。

私も今では、三人の子の親となりましたが、子供たちが代わる代わるちょこちょこ病気をします。なれない間は、子供が病気になると、天下の一大事で、他のことには何も手がつかず、ただオロオロするばかりで、このまま死んでしまうのではないか、何か悪い病気ではないかと、ビクビク、イライラして異常な精神状態でした。しかし最近は、こうした問題が起きた時はいつも、両親のことを思い出すことにしています。これは神様がまだお前はわからないのかと教えてくださっているのであると思い、伝統報恩と人心救済をお誓いいたします。そして、「生まれてくるも神様のおかげ、死ぬも神様のおかげ、いっさいおまかせいたします」という気持ちに少しでもなってきますと、以前のように大騒動してオロオロすることもだんだん少なくなりました。

『道徳科学の論文』の中に「自分の親に親孝行することは本能であるから誰でもできるが、親に対する気持ちをすべての人に向けることが最高道徳につながる精神作用である」と教えています。私などはまったく無力で何のお役にも立ちませんが、せめて自分の周囲の人たちが一人でも多く最高道徳のまねごとでもして幸せになっていただきますよう、さらにまた、すれちがうすべての人に対しても、心の中でお幸せにと祈れるような、そんな人間になりたいと願っています。

(『れいろう』第12巻第1号　昭和44年6月1日刊)

3

Over the Rainbow

いつも、心は幸福でいっぱい・・・

健康のよろこび

「お父さん、どうしたの、その大きなお腹《なか》……まるで布袋様《ほていさま》みたい」七月も半ばを過ぎた頃、お風呂から出てきた夫のお腹が、いつもよりさらに大きくなっているのを見たとたん、思ったことを思わず言ってしまいました。

夫も自分のお腹をあらためて見て、流石に、

「うーん、このところの、この暑さだろ……ビールが美味しくて。でも少しはセーブしなくちゃと、思ってはいるんだけど……」

と、本人も、いささか気にしているようでした。

その気持ちも分かるのですが、夫の健康管理も妻の役目と思うと、どうも心配になってしまい、考えた末、

「せっかく石原先生のサナトリウムの会員にさせていただき、人参《にんじん》会の会長まで仰せつかっている身なんだから、人さまにばかりお勧めしていないで、この際、問題が起こらないうちに、静養がてら、伊豆のサナトリウムに行きましょう」

と、一人では行かないことが分かっているので誘うと、素直にその気になって

くれました。

早速、夫が先生に電話で問い合わせると、

「……ちょうど、二階のいつもの部屋が明日から空きますから、お待ちしていま
す」

との返事に、その場で八月二日から一週間の予定で、翌朝、サナトリウムへ出発することになりました。

人参会とは、石原先生のご指導で、近代医学と東洋医学を併せながら、人参りんごジュースを飲み、難病を克服することが出来た方や、先生の指導に賛同されている人々の会で、会員の中には、渡部昇一先生ご夫妻・石原慎太郎元都知事・スカイラークの横川ご夫妻等と多彩な顔触れで、会を重ねるたびに、快い緊張の中で、いろいろと学び多い時間を持つことができています。

石原結實先生とのご縁は、二十年程前、私が五十肩で苦しんでいる時、夫が会員になっている、馬場先門ライオンズクラブで、石原結實先生をお招きして、皇居前の東京会館で、初めて講演をしていただいた折、出席者全員に配られた「やさしい医食同源」(宝島社刊)という小冊子を夫がわが家に持ち帰ったのが最初のご縁でした。

その頃、私はちょうど、五十肩で、夜も眠れないほどの痛みに、苦しんでいました。その日の夜も、寝返りをしたとたん、腕の痛さに目が覚め、眠れないまま、ふと

「……たしか、仏間のテーブルの上に、石原結實先生の本が置いてあったが……」

と、思い出し読みはじめたのが、石原先生とのご縁のはじまりでした。

今回も私は、夫の気が変わらないうちにと二人で、八月二日から石原先生の元で、ニンジン・りんごジュース断食を一週間無事終了させ、八月八日に帰宅。一週間後には、血液検査の結果が我が家に届きました。

心配していた夫の検査結果は思いのほか良好。この夏の一番の喜びとなりました。しかし、原因結果の法則は明らかで、私の方は、「体内の水分が多めだから、少し歩いて、汗を出してください……」というコメントが書かれてありました。

先生のご指摘とおりで、孫の辰光が一才の誕生日に、我が家に来てから、それまでのように、毎朝、夫と共に十分なウォーキングができなくなり、いつの間にか、歳月が流れていたのですから、その結果も無理ないかもしれません。

一方・夫の方は、

「……孫の美来や辰光が、二十歳になるぐらいまでは、元気に長生きをして、ど

んな形でもいいから、あの子達の役に立ちたい……」とばかりに、朝、目を覚ますと布団の中で、自分流の全身ストレッチを行い、我が家の十階のベランダの向こうに広がる、不忍池のまわりを歩き、入浴後には、我が家の特製・人参りんごジュースと、明治プロビオヨーグルトを飲み、胡瓜には八丁味噌を付けて食べます。秋葉原の本社まで往復歩いて、一日一万歩を目標にがんばっています。

「思いが肉体に及ぼす因果律」という言葉がありますが、伊藤家先祖の写真を見ると男性の頭髪はなく、全員きれいに光り輝いています。

夫と二人の男兄弟も、先祖の伝統を祖述し、頭髪がなくなっていたのに、石原結實先生の御指導により、朝はリンゴジュース、昼は軽いおそばなどで、夕食は好きな物、という食生活を守り続けていたら、七十歳を越えてから、禿げ頭に黒い毛が生えてきたのです。

禿げ頭があんなに光るのは、当然、毛根もなくなってしまっているからだと思っていましたが、さにあらず、何らかの好条件が整えば、毛根はちゃんと残っていて、また立派に頭髪は生えてくるのだと初めて知りました。

医学的にはどうなのか、分かりかねますが、「精神作用が肉体に及ぼす因果律の良い方の結果」として、奇跡的とも思える現象が起きたのでしょうか。

さて、本日、八月二十五日は、私の七十三回目の誕生日。

昭和五年九月生まれの夫は、私と六歳違いで、今年の九月三日には七十九歳の誕生日を迎えます。その彼の禿げ頭に、黒い毛髪が生えて来た時には驚きました。

石原結實先生の血液検査の結果を踏まえ、夫の奇跡に刺激を受け、私もしばらく休んでいた朝のウォーキングを七年振りに再開することを決意することが出来ました。

どのコースを選ぼうかと、マンションの十階のベランダから、しばらく不忍池の景色を見下ろし思案していましたが、取りあえず、マンションの裏口に立ち、まわりを見渡してみます。

「不忍池もいいが、再出発だから、何処か新しいコースを開発しよう……そうだ、家から一番近い、東大の池之端門から、東大の構内に入るルートにしてみよう……」

その朝、池之端門から東大の構内に入ろうと思いましたが、開門は七時からと書いてありましたので、一方通行の道をそのまま前へ進んでいきました。

前日まで、東大の構内の森からは、まだ六時前だというのに、けたたましい蝉の鳴き声で、近所に住んでいる人は大変な迷惑だ……と同情したのですが、なんと、不思議なことに次の日から一匹の蝉の泣き声もしなくなりました。あの数えきれないほどの蝉が、一夜のうちに何処へいってしまったのでしょうか……。

右へしばらく歩くと、坂道の途中の広い道に出ました。まだ六時半にはなっていないのに、車の通りが多くなっています。表示板を見ると、言問通りと書いてありました。

ここ、池之端へ引越して来て、八年も経っているのに、この道の突き当たりが、言問通りだということを、私は初めて知ることになりました。

その坂道を左へ曲がると、東大の赤レンガの塀が道の両側に坂を登り切った交差点まで続いています。次の交差点まで一気に登り、左に曲がり、赤門が見えた時は、

「あの、憧れの赤門が、引越しを重ねているうちに、こんなに近い所になっていたなんて……」

胸が熱くなりました。

「明日からのウォーキングコースは、この道に決めよう」

そう決意すると、なんだか身も心も弾み、元気が出てきました。

「帰り道は、この竜岡門から、東大構内のメインストリート通り、池之端門を出

れば、我が家は目と鼻の距離だから……」

何しろ、この門から東大の校内へ入るのは初めてなので、バス停前の立て札などを読む振りをしながら、しばらく様子をうかがっていると、買い物かごをぶら下げたおばさんや、犬の散歩をさせているおじさんが、自由に出入りしているのを見て、門衛の小父さんを、気遣いながら、初めて一人で、東大のメインストリートを、池之端門方向へ真っ直ぐ進んで、行きには、まだ開いていなかった池之端門への道を、

「門がまだ閉まっていたら、どうしよう……」

と緊張しながら、急な石畳坂道を降りて行くと、七時前には、閉まっていた門も開いていて、無事、帰宅することが出来ました。

家を出た時、東大の池之端門は、閉ざされていて、まわり道をしたお蔭で、開門が七時からと記してあったので、入ることが出来なかったのが幸いして、その朝は、色々な発見があって、これからの前途に希望が見えてきました。

七十三歳を迎えて、また、楽しい未来が開かれる予感が膨らんできました。

葵《あおい》の盆

それは、まだ私が十代のころのことでした。

ある日、材木商を営んだことのある祖父が、一枚の木彫りのお盆を大事そうに出してきて、説明してくれました。

「これをお前にあげよう。このお盆は、日本のくわの木で出来ている。一本の木から同じものが三枚取れた。あとの二枚は、徳川様とわしの恩人へ献上させていただいた。中国のくわの大木は沢山あるが、日本のくわの木は虫に食われやすいため、このように大きくなるのは、とても珍しいことだ」

そのお盆は鎌倉彫りでしょうか、徳川家の家紋・葵の葉の形をしていました。横三十四センチ、縦二十八センチのハート形をしていて、葉脈が浮き彫りになっています。祖父が磨いたのでしょう、そのほどよい光沢からは、持ち主の愛情が伝わってくるようでした。

そのころの私は、祖父が大切にしている物をなぜ私に……などと考えることもなく、何人もいる孫の中から私が譲り受けたということが嬉しくて、誇りに思っていました。

あれから、いつの間にか四十数年の年月が流れ、祖父も両親も亡くなった今、この葵の盆は祖父からの、たった一つの形見の品となってしまいました。道具はただしまっておくより、大切に使ったほうが祖父も喜んでくれるのではと思い、今ではお抹茶を立てるときのお盆として使っています。

忙中に閑を見つけ、葵の盆を前にお茶を立てるたび、祖父のことを思い出します。

「自分も孫を持って、祖父の恩を知る」というところでしょうか。

祖父の先祖は神官でした。祖父は幼くして両親を亡くし、厳しい環境のなか、学校教育を受けることも思うに任せず、幼いときから奉公に出なければなりませんでした。

亡き両親は西方浄土《さいほうじょうど》にいると聞いて、お寺や神社に西方浄土へ行く道を尋ね回り、生きて会うことは叶わぬと分かると、

「巡礼のおつるは、まだ幸せだ、探す母がいるのだから……」

と悲しい思いをしたそうです。

しかし、祖父はその寂しさをバネにして、御用聞きの合間にも、辞書を片手に

砂に字を書いて勉強をしていたので、「感心な小僧さん」と新聞に記事が載ったそうです。

そんな祖父の生涯は、子孫のため、自分の不幸な生いたちを断ち切るために「運命の立替え」と「陰働き」の一生でした。

やっと独立して、材木商を始めたころ、ある先生と議論した結果、祖父が勝ちましたが、その方に、

「よくそこまで勉強されましたね。しかし、そういう考え方になったのは、不幸な生い立ちではありませんか……」

「両親に早く死に別れるということは、木の根に肥料が足りないような親不孝をしたことがあるからでは……」と言われ、始めたばかりの材木商の店をたたみ、かつて自分を捨てた継母を探し出し、最後まで看護したそうです。幼いころ聞いたその話は、私の心にも深く刻みこまれています。

そんな祖父が亡くなるときは、自分の両親の歳をはるかに越えて、八十五歳で四十名を越す一族の長として、とても幸せそうでした。

さて、葵の盆のあと二枚の兄弟は、今どこにいるのでしょうか。形あるものはいつかはなくなります。しかし、祖父から私への「偉くならなくてもいい。世の

中に役立つ人間になりなさい」というメッセージは、永遠に消えることはありません。

さあ、そろそろ一休みでもして、お抹茶でもいただきましょうか……。

祖父の形見のお盆に抹茶茶碗をのせて。

いま新たな旅立ち

来年のお正月はどうしようか…。

「そうだ、京都へ行こう」

と、いつもの年の暮れと同じように言う夫の言葉に、不安を拭いきれないまま、旅行の手続きをしました。

三井寺の除夜の鐘と雅やかな古都のお正月・特選の旅は、三十一日の朝9時に東京駅集合。そろそろ出かけようと思っていた矢先に、弟・義雄の死を知らせる電話がかかってきました。

二つ年下の弟は、七人兄弟のうち一番元気で、四十年前盲腸で入院して以来、病気らしい病気はしたことがありませんでした。

昨年の八月に胃潰瘍と言われ入院、結局がんで、開腹してみたものの、手術は不可能。今年一杯持つかどうかと聞いたときは、とても信じられませんでした。

旅行は中止しようと一度決めたものの三が日は何もできないから、弟の供養にお寺参りをしようと決意して、予定通り出発しました。

一日目は米原でバスに乗り換え、石山寺・義仲寺とまわり、夜半は、三井寺の除夜の鐘をつかせていただきました。

山頂で焚き火をたいて、山伏の法螺貝の音を合図に、片手に提灯、もう一方の手に縄をしっかり握り、暗い山道を「六根清浄《ろっこんしょうじょう》・六根清浄」と同行の方々と唱えながら本堂まで下りる道すがら、弟の成仏を祈り続けました。

二日目は比叡山・延暦寺、京都・銀閣寺、下鴨神社とまわって、宝ヶ池で泊まり。

三日目に三千院に行く途中、蓮華寺により、和尚さんから庭の説明を聞きました。

「……お寺は仏典と仏像と庭で出来ています。仏典とは仏陀の教えであり、仏像は仏の姿。手の位置で祈り、瞑想、衆生済度を表しています。

庭は仏壇を自然の中に表現したもので、西洋のガーデンと一緒にしては困ります。ガーデンはバーベキューをしたり、子供が遊ぶ所です。仏像は蓮の花の上にあり、軽くないと沈んでしまいます。軽いという事は、執着がないということです。

仁王様は怒っているのではなく、今まさに我が子を炎の中から助け出そうとする瞬間を表していて、片目を瞑っているのは、涙が零れるのをこらえているから。刀は邪魔だてするものを切り捨てても助けるという慈悲心の瞬間の姿……」と。

初めて聞くお話に、どうしたことか、拭いても拭いても涙が出てきて、困ってしまいました。

三千院の前を少し登ると、大原の里・宝泉院があります。樹齢六百年の五葉松の見事さは、目を見張るものがありました。私の十倍生きているのに、松葉の若草色はみずみずしく、命の不思議さを思いながら、一服の抹茶をご馳走になりました。

最後の平安神宮は止め、皆さんより一足先に新幹線に乗りました。弟を弔うこの旅で私は、仏の慈悲の心を学ばせていただきました。弟の死を無駄にしないいためにも、学んだことを実生活に生かすよう、今、新たに心の指針を定めました。

「限りなく優しくあれ」と。

これまで私は相手のためと思いながら、我を張って何度も失敗をしてまいりました。自と他を分ける心が働くためでした。

蓮花上の仏陀の無執着、仁王様の慈悲心、五葉松の若々しさ、これらの尊い学びは、後から生まれて、先に逝ってしまった弟の置き土産として、終生、忘れることなく、実践してまいりたいと念じています。

4

Over the Rainbow

子供のように生きるということ

童話　みーちゃんのお散歩

みーちゃんはお散歩が大好き。お母さんに叱られて、泣いていても、

「お散歩に行こう！」と声をかけると、涙を拭き拭き、

「うん、行こう！」

と、自分で帽子とオーバーを出して、靴も自分で履こうとします。

だって、公園には大好きな猫のたまちゃんが待っているから。

なぜ、お母さんに叱られたかって……。それは秘密。

初めて、トラ猫のたまちゃんに会ったのは、タンポポが二つ三つ咲き始めた頃です。たまちゃんは、公園の草むらで、ひなたぼっこをしていました。

それまでみーちゃんは、絵本でしか見たことがなかった猫を目の前にして、真剣な顔で両手をさしのべたのです。気がついたら、たまちゃんをだっこして、ギューしてました。

それは、あっという間の出来事でした。たまちゃんも神妙な顔をして、小さなお友達に抱かれて、じっとしていました。

その日からみーちゃんとたまちゃんは、仲よしになりました。

公園には、たまちゃんのほかに、くろ猫やみけ猫、シャム猫やみけの子猫もいっしょに暮らしていました。

たまちゃんは、眠っていない時、首を前、後、右、左とねじって、自分の体をなめては、手入れをしています。だから、その毛なみはいつも綺麗でふわふわです。そのふわふわの毛なみが、みーちゃんは大好きなのです。

「たまちゃん、こんにちは」

と、声をかけるとたまちゃんは目を上げて、

「にゃあ～」と返事をします。でも、他の猫たちは、びっくりしてみんな逃げてしまいます。


夏が来て暑い日が続いたせいか、たまちゃんは木の下の一番大きな石の上で寝ています。食欲もないらしく、痩せて元気がありません。

「たまちゃん、おはよう」

声をかけても、みーちゃんを薄目で見上げ「……」、口だけ開けるのですが、いつもの「にゃあ～」という声が聞こえません。

心配になったお母さんが、いつもたまちゃんの近くに座っている髭のおじ

いさんに、

「たまちゃんは病気？　夏バテ？　それとも老衰なんですか？」

と、聞くと、

「うーん、ちょっとばててるなぁ。だけど、この猫はふつうの猫とは違うよ。何しろ他の猫からも尊敬されているんだから」

でも、お母さんは弱っているたまちゃんのそばを離れた時、少しだけ出てきた涙をあわててふきました。

食事の時、お母さんはみーちゃんに、

「たまちゃんもがんばっているのだから、みーちゃんもがんばって食べようね」

と、にんじんを差し出しました。

いつものみーちゃんは、ほうれん草やにんじんが唇に触っただけで、舌で押し出してしまいます。お母さんに叱られても絶対に食べませんでした。

でも、その日は、たまちゃんのことを思い出して、がまんして食べてみました。

お母さんは、「わーい。みーちゃん、にんじんもほうれん草も食べられた。偉いねぇー」と、うれしそうにほめてくれました。

そのことがあってから、お母さんが、

「たまちゃんが喜ぶから食べようね！」

と差し出すと、大きな口を開けて、それまで食べず嫌いだった大根やれんこん、ピーマンやキウイも我慢して食べるようになりました。

暑い夏が過ぎ、公園にそよ風がもどってきました。みーちゃんが、

「たまちゃん、こんにちは」

と、声をかけると、たまちゃんも、

「にゃあ～」

と、お返事をするではありませんか。涼しくなって元気がもどってきたのです。

みーちゃんは嬉しくなって、お母さんと一緒に、スキップをして帰りました。

みーちゃんは、前よりもずっとずっと、お散歩が好きになりました。

ピカピカの一年生

「美来と辰光を両腕に抱けるなんて、想像するだけで自然と顔がほころんでしまう」

一年前に父親の転勤で石川県の金沢に引越した孫の美来が、八月七日には近くへもどってくることになりました。孫に目のない夫は手放しで喜び、その日の来るのを待ち焦がれています。

今回の引越先は、東京と目と鼻の先の千葉県柏市なので、これからは気軽に会えると思うと、夫ならずとも私の心もなんとなく華やぎます。

この春、寛永寺幼稚園に入園した次男の子、辰光も、

「みらいお姉ちゃん、いつかえってくるの。ぼく、はやくいっしょにあそびたいのに」

と、日に何度も聞いてきました。

八年前、宇都宮で生まれた美来は、父親の転勤で水戸へ引越してから、再び宇都宮にもどり、次は新横浜へ。あと半年で横浜の幼稚園を卒園する夏、金沢行き

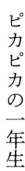

が決まったとき、

「パパ、今度の金沢は、パパだけで行って」

と言ったといいます。入園して初めての引越しで宇都宮を離れるとき、お友達や先生方との別れの記憶がよみがえってきたのでしょう。

新横浜から金沢へ移った娘からは、

「幼稚園はどこも満員。もう少しで小学校入学だから、その間は、近くの塾へ通わせながら、美来と二人で金沢のいろいろなところを見学し、歴史の勉強でもします」

と報告がありました。

新しい生活も落ち着いた頃、娘からこんな電話がありました。横浜で通っていた幼稚園の卒園写真が送られてきたのを美来が見て、

「ママ、どうして美来が写っていないの」

と尋ねたとのことです。その話を聞いてから、夫のマンション広告の収集が始まりました。

「美来が生まれてから何回引越しをしていると思う。これからは美来の教育のことも考えてやらなければ」

しかし、広告は我が家の近くばかりです。人さまには、

「いくら東大と我が家が裏門続きだとはいえ、あそこは裏門入学はないそうで」

そんな冗談を言いながら、自分の住まいの近くに孫を呼び寄せたいのです。

「孫たちが二十歳になるまでは長生きして、何でもいいから、役に立ってやりたい」

七十歳の半ばを過ぎた夫は、毎朝、床の中で呼吸法や屈伸運動を一時間ほどして、夜明けとともにマンションの外階段を十階から一階まで降り上りしたうえ、不忍池を二周し、さらに本社のある外神田までの往復で、一日一万五千歩ぐらいは歩いています。

美来の小学校入学のことをあれこれ考えていると、自分の幼いころのことが思い出されてきます。それは、美来と同じ六歳の正月のことでした。元日の朝、晴れ着に着替えさせてもらい、火鉢に寄り掛かってぐったりしているところまでは覚えています。肋膜肺炎膿胸と診断され、医者に見放されていました。

祖父母の隠居所だった離れに移され、両親の看護のお陰で奇跡的に回復しました。四十度の熱がどのくらい続いたでしょうか。病後、初めて床を離れ立ち上がり、よろけて障子の桟《さん》につかまったときに見た自分の足は、骨の上に皮膚が垂れ

下がっていました。

この体力では、小学校への入学は無理、一年遅らせた方がよいと両親は判断したのも無理はありません。しかし、幼いわたしがどうしても学校に行きたいときかないので、仕方なく入学させたといいます。

入学して間もない身体検査で、医師が私の顔と名簿を見て、

「あれ、この子、生きていたのか……」。

小声で言われた言葉を今でもはっきり覚えています。しかし、なぜだか生前の両親にもその医師に言われた言葉を告げることはありませんでした。

一年生が終わるころには、戦争が激しくなり、誕生の地、名古屋から岐阜の妙興寺へ疎開し、終戦の年、小学校を卒業するまでに五回も転校しなければなりませんでした。

同じように引越しの多い美来の入学が近づいてきた昨年の暮れ、なんだか美来の健康のことが気になり、何度も電話で様子を確かめたり、神仏に祈ったりしました。あの病気のために自分の小学校生活は辛いスタートだったと思っていましたが、あの時の祖父母の心配はいかばかりだったろうと偲ばれます。

お正月も過ぎ、その年、娘から三通目の寒中見舞いの葉書が、美来の写真付き

で届きました。

「……だいぶ、雪も減ってきました。今日は、美来の制服など入学準備の品を買いました。ピカピカの一年生、もうすぐ！」

写真は、白い雪が積もったマンションの前で、濃いローズ色のウェアに、淡いピンクの帽子とお揃いの手袋をつけ、広げた赤い傘の前で、美来が笑顔で写っています。唇もほっぺも真っ赤で、私の心配は淡雪のように消えました。

四月に入り美来の入学も済んだ直後、父親の転勤が決まりました。さすがに今回は一学期が終わるまでは、母子は金沢に残ることになりました。そんなある日、娘から電話が入りました。

「七月の十日から三日間、金沢へ来ませんか？　金沢のことをいろいろ勉強したので、最後にぜひご案内させてください」

この忙しいのにと思いつつも、手帳を繰るとその三日間だけは空白です。

「飛行機で来れば、小松まで一時間、往復券だと新幹線とあまり変わらないし、体も疲れないから、ぜひ、ぜひ。空港までは車で迎えに上がります」

忙中閑あり。せっかくの娘の誘いです。彼女が上京した折にでも、一緒に買い物をしようと貯めておいたへそくりをかき集め金沢へ飛びました。

小松空港に着くと、娘と美来が車で迎えに来てくれていました。車に乗るとき、美来が「メンマはどこに乗るの?」と聞かれました。孫娘に「メンマ」と直接呼ばれるのは、半年振りです。

「そうね、ママといっぱい話があるから、前に座ろうかな」

運転席の隣に座り娘と積もる話に花を咲かせていると、途中、なんだか後ろの座席が静かなので、振り返ると、美来が目に一杯涙をためています。どうしたのと聞くと

「メンマたち美来のわからない話ばっかりしているから……」

とこぼれ落ちる涙を手の甲で拭うのです。

美来の涙は決してわがままからではありません。「どこへ座る」と問う彼女の問いに答えて、私が一緒に座り、新しい小学校生活の様子を聞いてやるべきだったのです。そんな美来の姿に入学して四か月ほどで、確かに幼児から少女へと心身ともに成長していることが感じられました。

娘たちの住まいは、金沢駅から五分ほどのマンションの六階で、美来の部屋には新しい勉強机の上に、彼女が選んだランドセルが置いてありました。このランドセルは、今年の正月明けに、私の郷里の名古屋で祖先祭が行われた折、娘と孫

も同行していたので、駅ビルの中の高島屋で学用品と一緒に買い求めたものです。いろいろな色や形のランドセルがある中で、母親に自分で選びなさいと言われた美来は、大喜びで大好きなピンクを選んだのですが、ピンクは汚れるからと、大人たちが説得するのが大変でした。ようやく赤で収まったとき、

「そうだね、ピンクもかわいいけれど、六年間使っていると、汚れちゃうからね」

と、夫のほっとした様子が思い出されます。

三日間の旅の最終日は、月曜日でした。美来の登校時間が近づいたとき、娘が、

「美来がどんな学校に通っているか、お母さんもお父さんに報告もあるでしょうから、ご一緒にいかがですか」

突然の言葉に往きはいいにしても、帰りは初めての土地で迷子になったらどうしようかと不安でしたが、弱音も吐けず、慌てて何も持たずに美来についていくことになってしまいました。

マンションの前の通りを金沢駅へ行くのとは反対に右へ進み、最初の交差点を左に曲がります。そこから国道へ出る道は一本道ですが、帰りが心配で目印になるものも目で追いながら、気持ちに余裕のないままに、美来の手をしっかり握り黙々と歩きます。途中、美来の同級生の女の子に出会い、学校の様子を聞きなが

ら、三人で国道を左に曲がります。歩道橋を渡ると、学校です。校門前で二人の姿が校舎の影で見えなくなるまで見送りました。

無事、マンションに帰り着き、ほっとする暇もなく、今度は娘に金沢駅前の超大型スーパーに連れていかれます。彼女曰く、

「……このあたりの人は、『東京の人は、よくあんなに不便なところに住んでるね』って言ってる」

まさかとは思いましたが、そのスーパーの規模の大きさと新製品の品揃えの多さには驚くばかりでした。瞬く間に買い物は山になり、大急ぎでマンションにもどると、もう学校から帰った美来が、赤いランドセルを背負ったまま、開かないドアを叩いていました。

「もう、帰っちゃうの。もっと、いろんなとこへいっしょに行きたかったのに。買ってもらったハリーポッターのお城もメンマと作りたかったのに」。

別れを嫌がっていたのに、空港に着いたころには、車の後ろの席でいつの間にか眠っていました。

僕のピカピカも書いてね

「わーい！　みらいおねえちゃんの『ピカピカのいちねんせい』いいなぁー。メンマ、ぼくのピカピカも　ぜったい　かいてね」

翌年の春、寛永寺幼稚園・年少組に入園したばかりの孫の辰光から早速、「ピカピカの幼稚園生」の作品依頼を受けました。

「メンマ」とは英語の「グランドマザー」の略で、初孫の美来が生まれた時、父方の祖父母と区別するために、娘が私たち夫婦を「グランパ」、「グランマ」と呼ばせましたが、幼い美来がうまく発音できなくて、「ペッパ」、「メンマ」と呼ぶようになったのが発端です。

初めてそう呼ばれるようになった時、夫は、

「ペッパ、メンマだって。なんだ、ラーメンの具みたいじゃないか！」

冗談を言いながら照れていましたが、そんなことも忘れ、今では自他ともに〝本名化〟してそう呼ばれることに馴染んでいます。

そういえば、私の父も、

「おじいちゃんと呼ばれるたびに、なんだか年をとっていくような気がする」と、たくさんいる孫たちに「大父さん、大母さん」と呼ばせていました。そんな父のことを夫は、「なーんだ。お父さんは、孫に『大父さん』と呼ばせて……、運命の自覚が足りないんじゃないか」

冗談交じりに陰口を聞いていました。私の母が晩年、患って入院した折、見舞いに行くと、

「看護婦さんから、『おばあちゃん、おばあちゃん』と声をかけられるのよ。私って、そんなにおばあちゃんなのかしら」

不満そうな顔で私に訴えていたことを思い出します。

両親とも還暦を過ぎても、七人の子と二十二人の孫たちに「大父さん、大母さん」と呼ばせていたせいか、年齢を感じさせない若さを保っていました。

最近、私も辰光の幼稚園の送り迎えをしていると、

「あっ、辰光くんのメンマちゃんだ」

園児たちに声をかけられると、思わず笑顔で挨拶してしまいます。呼ばれるたびに心が弾みます。愛称をつけてくれた美来に改めて感謝したくなります。

辰光が寛永寺幼稚園に入園するようになったのは、夫が自宅から神田佐久間町

の会社まで、毎朝健康保持のため徒歩で出勤する途中、不忍池音楽堂近くで通園バスを待っている園児の姿を見て、

「辰光も、あんなにかわいらしい制服の幼稚園に通わせたい」

という思いからでした。

入園選考は、その年の十一月一日でした。一昔前のように早朝から並ぶ事はありませんからと、願書をもらったときに聞いてはいたものの、夫にせかされて、タクシーを飛ばし、七時には園に着きました。午前九時から受付と言うのに、すでに行列ができています。自分の順番を確保して、先頭に夫婦で並んでいるお父さんに尋ねました。

「何時にいらしたんですか」

「六時ごろです」

若い夫婦が可愛い我が子の社会生活の第一歩のために努力している姿に、密かに拍手を送りました。

受付が始まるまでの時間、それまでに何度も目を通していた入園案内を改めて読み直しました。

本園は幼児教育に大変関心を持たれた天台宗の宗祖伝教大師の仏教精神に基づ

いて、設立されたこと。

保育方針は、仏様を尊び、生きものを慈しむ思いやりのある子ども、明るく素直で伸び伸びとした子ども、正しいきれいな言葉を使える子ども、美しいものを喜び想像力の豊かな子どもを育てること。

大正十三年十月、徳富蘇峰《とくとみそほう》と大倉喜八郎の長女の協力によって、開設されたこと。

受付時間が近づき、辰光は夫に連れられてきます。入園テストを受けるため、三歳六ヶ月の辰光が一人で教室に入っていく後ろ姿を見送り、不安の時間を待つことになりました。

長い時間のようにも思えましたが、四、五分足らずだったのか、中年の先生が辰光を連れて出てきます。

「辰光くん、よくお話ができましたよ」

その先生は、願書をもらいに行った時、応対してくれた先生でした。入園式の時、主任の浅野幸子先生だと知りました。その後、園の行事でお会いすると、明るい笑顔で、

「辰光くん、頑張っていますよ」

「この頃、おばあさんは、また、若返られたんじゃないですか」

若いお母さん方の中で戸惑っている私に何かと声をかけてくださります。

先生に文集を差し上げて読んでいただいたときも、

「……全部手作りで、よくこんなに立派にできるのですね。良い記念になるから、美来ちゃんがお嫁にいかれる時は、ぜひ持たせてあげてください」

平成十六年四月七日の入園式も無事終え、翌日からバス通園が始まりました。辰光を連れ、初めて不忍池音楽堂のバス停に行きます。年長組は男の子二人、年中組は女の子四人、年少組は辰光を含めて同じたんぽぽ組の男の子二人と女の子一人、総勢九人。年少組の慶彦くんのお母さんは、江戸時代からの二百六十年の伝統を持つうなぎ屋、伊豆栄さんの若女将とのこと。

通園バスに前後して、赤い軽自動車に三人の園児と幼い女の子を乗せて、運転してくるお母さんがいます。五人が小さい車から次々と出てくるので、近所のお子さんも乗せて来られるのだとばかり思っていました。それに三人の園児は顔も似ていないので、後になり三つ子ちゃんだと聞いて驚いてしまうと同時に、我が家では辰光一人でも朝は戦争のようなのにと、お母さんの大変さが偲ばれました。

あっという間の一年が過ぎ、無事、終了式を終え、担任の二人の先生とお母さん方とのお別れ会が開かれました。丸く並べられた園児たちの小さい椅子に座り、若い先生と役員の二人のお母さんが挨拶されます。何か様子がおかしいと思っていると、どうやら全員が一言ずつ話をするようです。先生の涙まじりのお話に教室中がすすり泣きのコーラスになった頃、私の番になってしまいました。何の準備もないまま、まな板の鯉の心境で、話し始めます。

一年間、お世話になったお礼を述べてから、四十数年前、三人の子どもを幼稚園に通わせた頃の体験を手短に話し、その頃のコーラス部だったお母さん方とのお付き合いが、今も続いていることを話した後、次のように続けました。

「昨今は、核家族・少子化が問題になっていますが、私が東京に憧れて嫁いだ当時の我が家は、職住一致の十七人の大家族で、会社の事務まで任され、大奮闘しているのに、頼みの夫は、夕方ともなると、赤いネオンの巷へ羽が生えたように、夜な夜な飛んでいってしまい、夜も白む頃帰ってきて、こう言ったものです。『家にも一人、女がいたか』なんて。憤懣《ふんまん》やるかたないと言うのは、そういうときの気持ちを表す言葉だと知りました。でも、そんなことを何度か乗り越えてきたから、今の幸せがあるんだと感謝しております」

年齢差はあっても、妻と言う同じ立場の私の話に笑いが起こり、先程からの涙っぽい雰囲気が一変し、若いお母さん方の話が続きました。

その中では、小学校の先生をされているお母さんの話が心に残りました。悠人くんのお母さんで、お会いするのもお話を聞くのも初めてです。朝は六時に出勤され、帰宅も午後六時と言うことで、園の行事はいつもおばあちゃんです。

「ママは　いつも　ようちえんにこないのに　どうして、ようちえんのことやぼくのこと　しってるの」

と、尋ねられることが何度かあったそうです。

「お母さんはね、何でも見える不思議な望遠鏡を持っているの。だから、悠人のことは、どこにいても、いつでも、わかるのよ」

悠人君と接することのできる短い時間を大切にしつつ、幼稚園の先生やお母さん方から情報集めているとのことです。幼い子供と触れ合う時間の少ないマイナスをプラスに変える知恵を学ばせていただきました。

悠人君のおばあちゃんと初めてお会いしたのは、入園後まもなく、たんぽぽ組の食事会が伊豆栄で開かれた時です。役員の方々の配慮で、年配の二人を隣り合わせの席にしていただきました。娘さんが勤めている間は、悠人君と二歳になる女の子の子育てから家事一切を切り盛りされています。辰光一人に振り回されている自分が反省させられます。

そんな悠人君のおばあちゃんの健康を心配して、余計なおせっかいと思いながら、二十年前、「やさしい医食同源」と言う本で知り合いになった石原結實先生のことを話題にしました。石原先生と親しい上智大学名誉教授の渡部昇一先生のお名前を出すと、驚いたことにおばあちゃんは渡部先生をご存じで、

「私は、渡部先生の大ファンで、先生のご著書が出版されるのを待ってて、全部読ませていただいています」

お話によると、実家が渡部先生の恩師である佐藤順太先生の隣で、幼い頃遊びに行くと、佐藤先生によく抱っこしていただいたそうです。同年輩のよしみでこれからも親しくしていただけると願っていましたが、遠くに引越しされると伺い、残念でした。

都心と言うのに静かで環境にも恵まれた上野の山の幼稚園生活で、心身ともに成長した辰光は、五月二十四日には、五歳の誕生日を迎えました。最近では、

「メンマ　すうじの　いちばん　おきいすうじは　いくつ？」

とか、

「うちゅうの　さきは　どこ？」

などと質問しては、メンマを困らせます。

最近は、辰光に触らせないために作ったパソコンのローマ字キーワードもなんのその、気軽にクリックしてぬり絵やゲームを楽しんでいます。せっかく苦労して書いた私の文章が消されはしないかと心配になります。そんな私の心を察してか、洗濯物干しやお茶碗洗いのお手伝いにも興味を示し、

「メンマ　つかれたでしょ　ぼく　おせなか　たたいてあげるから　よこになって」

と、やさしい言葉をかけてくれます。夜、眠るときには、

「ののさま　きょうも　いちにち　ありがとうございました　あしたもよろしくおねがいします」

そう言って、小さな手を合わせます。

この子にこのようなよい生活習慣が身に付いたのも、寛永寺幼稚園の保育のおかげです。そう思うと、不忍池音楽堂近くで寛永寺幼稚園の通園バスを待っている園児の姿を見て、

「辰光も、あんなにかわいらしい制服の幼稚園に通わせたい」と、入園のきっかけを与えてくれた夫に感謝せずにはいられません。

それに、幼稚園の浅野先生に「若返られたんじゃないですか」と、たとえお世辞であっても言われるようになったのも、辰光の送り迎えや折々の行事で若いお母さん方と親しくなったおかげかもしれません。

辰光にも感謝しなければなりません。

孫の手

二月十五日、不忍池音楽堂と地続きの植え込みの前、寛永寺幼稚園送迎バスの最後の停留所で降りたのは、孫の辰光一人だけでした。

朝、停留所からバスが出発するときは、座席は満員で、三年間朝夕お付き合いしてもらい、すっかり顔見知りになっている園児たちで座席は満員でした。バスが動き出すと、全員が紅葉のような可愛らしい手を振って、元気な声で「いってきまーす」と挨拶をしてくれました。

あの瞬間が彼らと送迎バスで一緒になるのは最後だったと気づくと、胸がキュンとなりました。

明日はいよいよ卒園式。今日は在園最後のバスだったので、降りてくる辰光に手を差し出しながら、運転手さんと車掌係の先生に三年分の感謝を込めて、膝に両手を揃え、

「三年間お世話になり、本当にありがとうございました」

と、お礼を言い、バスが出発し、上野広小路の角を曲がって見えなくなるまで、二人で手を振って見送ると、先生もバスの窓を開け、大きく手をふり続けてくださりました。

「今日であのバスともお別れだね！」

と、言いながら後ろを振り向いた辰光が、

「あれ、きのうの木、また、たおれているよ」と叫びました。辰光の指さす方を見ると、昨日、先端を折られ、根っこごと引き抜かれていた高さ五十センチぐらいの若木を、このままでは枯れてしまうからと、元の穴に植え直しておいたのに、また、無残にも引き抜き倒されていました。

「たっちゃんは、もう明日からこのバス停には来ないんだから、今植え替えてもまた引き抜かれ、これから夏の太陽に照らされたら、本当に枯れてしまうけど……

どうしようか」

「そうだ、うちのベランダのイチョウの木のとなりにおいてあげよう。きっと、おともだちができて、よろこぶよ」

二人の意見が同じだったので、持ち合わせていたビニール袋に根っこの部分を入れ、手をつないで帰ろうとしたとき、握った彼の手がザラザラしているので、どうしたのかと尋ねると、

「ぼく、てつぼうのさかあがりができるようになって、せんせいにほめられたんだ」得意そうな顔をして、わたしの手を握りかえしてきました。

「たっちゃん、スゴイ。よくがんばったね。いつもバス停で、お友達と一緒に、木登りや石飛びをして体力をつけたから、さかあがりもできるようになったんだね」

とほめると、うれしそうな笑顔を見せました。

春が訪れ、晴れた日の朝、あの枯れそうだった木の棒に緑の芽が出てきて、枝が伸び一枚の葉が出てきたとき、私は驚きと感動のあまり、まだ眠っている辰光を両手で揺り起こし、ベランダに誘いました。辰光は眠い目を両手でこすりながら起きてきて、その緑の葉を見たとたん、

「アッ、この木もいちょうの木だったんだ。よかったね、おなじおともだちができて」と大喜び。その後、その木はどんどん枝を伸ばし、赤ちゃんの手のような可愛らしい葉が数えきれないほど生えてきて、私達が近づくと、不忍池から吹いてくるそよ風に揺られて、まるで赤ちゃんが手を振ってよろこんでいるように見えました。

この春、無事一年生になった辰光は、毎朝、私と手をつなぎバス停の近くを通り過ぎ、黒門小学校へ通うようになってからも、送迎バスの停留所に近づくと、二人の目は自然にバス停の方を見ています。

「あそこは、たっちゃんのバス停だね」

と辰光の思いを、ちょっと大げさに代弁すると、

「ちがうよ、あそこはみんなのバス停だよ」

という返事が返ってきました。とっさに答えたその言葉に、彼の心の成長を感じ、つないでいる手を握りしめると、にっこり笑いながら、少年らしく握り返してきました。

新しい旅立ちを前に

いつものように、二人で手をつなぎ、上野公園の中を家路に向かって歩き出すと、辰光が、はじめて聞く「ありがとう・さようなら」というお別れの歌を、前奏を口ずさんでから歌いはじめました。

「……たっちゃん、その歌、心にしみるいい歌だね。幼稚園で教わったの？」

「うん、きょうようちえんで、おそわったんだ。そつえんしきに、うたうんだって」「こんないい歌、憶えたいから、お家に帰ったらノートに書くから教えてね！」

辰光はほめられた上に、歌もリクエストされたので、満足げに大きくうなずきました。その夜、休む前にもう一度、お別れの歌を辰光に歌ってもらい、大急ぎでノートに書き込みましたが、一度聞いただけでは、辰光のようには歌えないのが残念……。

「きょう二月十五日は、おしゃかさまが、二千五百年前、おなくなりになった日で、ねはんえ（涅槃会）っていうんだって！」

辰光にそう言われ、園便りのお手紙に書いてあったことを思い出し、二人でいつもより丁寧に、お礼の言葉を上げ、床につきました。

「……神さま　仏さま　今日も一日　ありがとうございました。あしたも　よろしくおねがいいたします。おやすみなさいませ」と。

三年間の幼稚園生活は長くて大変だと思っていたのに、今、過ぎ去りし日々を振り返ると、学びと発見の連続で、この、すばらしい幸運をもたらせてくれた夫と辰光に、今、改めて感謝しなければなりません。

第七十八回寛永寺幼稚園卒業式も無事終了し、ひき続き謝恩会は、同じ上野の山の中にある、不忍池を見下ろす上野精養軒で行われました。

園長先生・来賓の方々の祝辞も終了し、大人のアトラクションの最後に、いよいよ園児が「お別れの歌」を歌うため、舞台に勢揃いし、その天使のような美しい歌声は、臨席していた大人達の心に染み渡りました。

つつがなくお別れ会も終了が近づいたとき、突然、異変が起きました。大きな会場の出入り口近くから、天から雷が落ちてきたような大きな〝泣き声〟が起こってきたのです。

その時、はじめて「お別れ会」の本当の意味に気づいた一人の園児が、感極まって泣きだしたのです。その波動は一瞬にして園児達に伝染し、会場は泣き声で埋まってしまい、瞬く間に先生や父兄達にも伝染していきました。

わたしもこれまでの人生の中で、何度も幼稚園の卒園式に列席しましたが、園児が先生やお友達と別れるのが悲しくて全員号泣する……これこそが本当の教育の姿だ！と感動し、このように、園児教育に命を捧げてくださっている諸先生方に、臨席の父兄共々、改めて心から感謝の心を捧げさせていただきました。

後日、先生からおハガキが届きました。

拝啓
入園前の面談がついこの前のように感じられます。
早いもので辰光くんの卒園誠におめでとうございます。
伊藤さんのすばらしいお力で立派に成長され
私は自分だったらと重ね、涙がとまりませんでした。
たっちゃんは幸福、これからの学校生活に
影から応援させていただきます。

三年間お心にかけていただきましたことに
感謝の気持ちでいっぱいです。ありがとうございました。
又外でお会いしお話相手になってください。
ご丁寧にありがとうございました。
合掌

という挿絵入りのおハガキでした。夫と二人で感動し、先生に心から感謝し、おハガキは大切に夫が「寛永寺幼稚園年長組」のファイルの中へ収納してくれました。

夫の発案で、在園中の年少組・年中組・年長組と三冊のブルーの表紙のファイルの中に当時の写真や資料・作品などが全部収納されています。

古希おろす会

二〇〇一年の年明けを祝って、夫の友人たちが集まった席で、
「……じゃあ、いっちゃんの古希おろす会をやろうじゃないか」
と、無責任に発言した人がいました。それが、本人の知らぬ間に大きく膨らんで、とうとう三月二十三日、錦糸町ロッテ会館で夫、一郎の「古希おろす会」が開かれることになってしまいました。

夫は典型的な陽性タイプなので、人と集う事は大好きですが、自分のために多くの人に迷惑をかけるのが申し訳ないと繰り返し、その日が近づくにつれ、われわれ夫婦のプレッシャーは、かなり大きくなっていきました。

その上、その時、私は大腸ポリープの手術のため、一月二十五日に入院することがすでに決まっていました。良性だが治療しておいた方が良いとのことで、手術時出血の恐れがあるから、一週間程度の入院が必要と言われていました。

生まれて初めての入院と手術の当日、看護婦さんから、
「内視鏡手術は二十分ほどで済みますから、大丈夫ですよ……」

と励まされ、気楽に手術室に向かいましたが、それから二時間、麻酔なしでの内視鏡手術は、思いのほか大変でした。

しかし、荒川区に籍を移してから五年間、真面目にがん予防センターの検診を受けていたおかげで、早期発見できたのは幸運でした。手術後三日間は点滴だけで、初めて重湯が出た時は、日頃気づかない健康の喜びが身にしみました。

食事が摂れるようになると、もともと元気な私は、眠る時間以外は、日頃ままならぬ読書を楽しんだり、気になっていた手紙の返信を書いたりしていました。

しかし、いつも心の片隅で、「古希おろす会」のことが気がかりになっていました。

そんな時、従姉妹夫婦が見舞いに来てくれました。この方が四十二年前、

「私の親友の伊藤一郎と言う男は、男が惚れる男だから、いちど会ってみないか」

と、名古屋の実家へ電話をかけてくれた人でした。

「その時の言葉を覚えていますか？」

私が問うと、夫婦は声を揃えて、

「覚えていますとも！」

と合唱されてしまいました。

「一郎さんはあの頃と、ちっとも変わっていない」

私は内心「全く外面が良いんだから」と思いながら、

「ほんと、あの人はお友達だったら……、最高ですね！」

とお茶を濁しました。

退院後、その時のことを長男に話すと、「……それは富士山と同じで、遠くから見る姿は美しく見えるが、実際登ってみると、道は険しく、紙屑が落ちていたりしているのと同じでしょう」

と言われました。なるほどわかりやすい説明です。

しかし、その言葉がきっかけとなって、夫婦で参加したマラソン「富士登山レース」のことを思い出していました。もしかして私は、山道の険しさやゴミばかりに気を取られ、富士山という夫の本当の素晴らしさを見失っていたのではないか……と。

三月二十三日の当日は、午後六時開演でした。我々夫婦は早めに会場に行き、お世話役の方々の労をねぎらい、会場の入り口で、出席者の方々をお迎えしました。しかし、この企画の火付け役は、どうしたことか、とうとう最後まで現れませんでした。

「古希おろす会」は、発起人代表の、

「……『古希』とは古来希なる歳と言う意味ですが、日本は世界一の長寿国になり、最近は七十歳の人はザラなので『近ざら』と言われています」

という言葉から始まり、「こきおろす」話題は私も知らない独身時代に集中し、良い夫が御礼の言葉を述べる時が来ました。

「今回モラロジーの仲間より、あなたの古希おろす会をやりたいと思うが、どうだとのありがたいお言葉があり、本来賑やかなことの好きな性格なので、ぜひお願いしますと申し上げました。古希おろす会だから、十人前後の方達と一杯飲み屋でワイワイやることを想像しておりました。ところが、このように大勢の先輩方をわずらわせるとは夢にも思わず、お世話役の方に困ると申しましたが、『なあに、あなたをダシにみんなで集まって一杯やるだけのこと』と言われていました。私としましては思いもよらず、このような晴れがましいところに立たせていただき、誠に光栄の至りと感謝しております。

法学博士・廣池千九郎先生は

馬齢累積達古希
盤根錯節雖猶存
聖人伝統今在茲
救済人心安世界

馬齢累積《ばれいるいせき》して古希《こき》に達す
盤根錯節《ばんこんさくせつ》猶存すと雖《いえど》も
聖人の伝統今ここにあり
人心を救済して世界を安んぜん

と言われております。博士はご自分の歳を馬齢累積してと、へりくだって言われておりますが、私の場合は午年生まれですので本当の馬齢を加えて今日まで参りました。いつまでも苦労が耐えませんが、モラロジーと言う人生の基準をいただき、及ばずながら人様のお役にたつよう頑張りたいと思います。

家内の祖父に松浦熊次郎と言う人がおりますが、非常に信仰心の熱い方で古希の折に読まれた短歌があります。

古希こえて只で借りたるこのからだ　神の大恩いかに報いん
苦労とは人の為にぞなせばこそ　己の為ならなら何びともする
若きより心定めし甲斐ありて　夢といえども救済のこと

私も今年で母の亡くなった年を一つ越しました。（両親とも享年六十九）今後は博士や松浦熊次郎翁の心境に少しでも近づきたいと願っています。

今日、皆様にお持ちいただく『東洋の知恵は長寿の知恵』（ＰＨｐ研究所刊）という本は、私に健康上のご指導をいただいているだけでなく、人生上もいろいろ導いてくださる大好きな石原結實先生と、密かに私淑している日本の碩学、渡部昇一先生の対談の書物です。単に健康上の問題だけではなく、人生の考え方の指針として素晴らしく、また、読んで楽しいご本です。皆様にも、ご家族、お知り合いの方にもぜひご一読をお勧めいただき、健康・長命と今日のような素晴らしいご友人をたくさんお持ちになることをお祈りして、お礼の言葉にかえさせていただきます。本日は本当にありがとうございました」

やっと無事大役が終わり、ほっとしていると
「それでは、ここで、奥様に花束贈呈です」

という司会の言葉が聞こえてきました。その瞬間、自分が自分でないような気持ちに襲われました。

「では、奥様から一言」の言葉に、私は片手に大きな深紅の薔薇の花束を抱え、もう一方の手にマイクを握り、ご出席くださった方々にお礼を述べた後、

「……早いもので二十二歳で嫁いできて、今年で四十二年になります。過去を振りかえれば、いろいろなことがありましたが、今では『よくぞ私のようなものをもらっていただけた』と、感謝の気持ちでいっぱいです。

その人の歴史は友人を見ればわかると申しますが、このように素晴らしい友達に恵まれた主人は本当に幸せです。本日、このような晴れがましい日を迎えることができましたのも、ひとえに主人のおかげです。いただいた花束は感謝の心を込めて、主人に送りたいと存じます」

突然の成り行きでしたが、後はあたかも予定していたように、私たちは自然に向かい合い、花束贈呈の儀式をして、出席者全員の方々に感謝の意を表しました。

あの日から一カ月が過ぎました。一緒に埼玉の工場へ行く予定が、私の風邪気味を案じて、一人で出かける夫が、

「嫁は姑に似ると言うが、この頃、お母さんは、おばあちゃんに似てきたね」

と声をかけてきました。

「そ〜う、どんなところが似てきたの」

「そうだなぁー、優しくて、頼りがいがあって、懐かしいような……男にとって

母親は永遠の恋人だからなぁー」

私は心の中で、美しい富士山と「古希おろす会」の無責任な発起人に心から感謝していました。「夫婦生活とは、お互いの良いところを探し合うゲームなんだ」と。

世界一長寿国の日本では、年齢は七掛けで計算するというから、七十歳はやっと四十九歳の働き盛り。

出かけていく夫の後ろ姿が、いつもより若々しく見えました。

孫とのマラソンにかけて

その日の朝、早くから起きて、大好きな本を読んでいた夫に、

「では、これから文章サークルの旅行にいかせていただきます」

そう、挨拶すると、夫は本から目を開けて、

「集合場所はどこ、遅れないようにいってらっしゃい。気をつけてね」

「新宿駅なんだけど、お友達と上野駅で待ち合わせてます」

去年のサークルの笠間旅行の時も「年に一度の文章サークルの旅行なんだから、ゆっくり楽しんでいらっしゃい。遅れないように」と、送り出してくれています。でも、今年は「気をつけてね」と言う言葉に何か力が入っているように感じました。

というのも私が去年の秋、頭を打って以来、疲れたりすると頭のてっぺんが熱を持ってくるようになったり、物忘れが頻繁になったりしているため、心配だったからでしょう。

私たち夫婦は、現在、池之端パークタワーの二十二階に住んでいますが、その前はすぐ近くのライオンズプラザ池之端の十階でした。笠間旅行を終えてすぐの引越し前に、マンションの外階段を降りているとき、頭のてっぺんを打ってしまったのです。

階段は螺旋状になっているものですから、急ぎ過ぎて軽いめまいを起こしたようです。蛍光灯を支えている鉄の棒に頭をぶつけてしまったのです。

なんでマンションのそんな高い階から外階段を降りたのかというと、足を鍛えるために私たち夫婦は、一日に何回かはエレベーターを使わないようにしているからです。

二十九年前、ホノルルマラソンで完走した感激が忘れられず、年齢とともに衰えてきている脚力を鍛えなければと、ずっと思っています。今でも住居から見下ろせる不忍池の周りをジョギングしたり、一日一万歩を目標に歩いたりしています。

頭をぶつけた時は、かなり痛かったですが、出血もなかったので、忙しさに紛れ、そのことを忘れてしまっていました。

どのくらい日にちが経ったのか、覚えていませんでしたが、娘が里帰りした折、

「お母さん、何か心配事でもあるの？」

「なんで……？」

「だって、いつものお母さんと様子が違う」

「どこが……？」

「私が話しかけても、反応がなかったり、違うこと言ったり……」

娘にそう言われて、やっと、前のマンションの外階段で頭をぶつけたことを思い出しました。そのことを彼女に話すと、

「すぐ病院に行こう」

おかげさまで大事には至らなかったですが、もし、あの時、階段から転げ落ちて、頭や手足を骨折していたらと思うと、ぞっとします。七十を越したこの年で骨折でもしたら、寝たきりになってしまうかもしれません。

昔、お世話をしてあげた方がお礼がわりに、私の運勢を占ってくれたことがあります。どうやら私は「百二十歳まで生きる」ということでした。そんな超高齢まで生きたくはありませんが、周りの人たちに迷惑をかけてまで長生きするのではなく、自他ともに人々の幸せに貢献できる生き方をしたいと願っています。そんなことまで考えさせてくれた怪我でした。

今回のアクシデントを一病息災として、百二十歳までとは言いませんが、心も体も健康に過ごしたいと思います。幸い月一回通院しているピラティスの教室でも、足腰は五十歳代であるといわれています。

来年二月二十六日に行われる東京マラソン、ファミリーランに挑戦する孫の辰光と一緒に一・八キロを走るのに備えて、今日も不忍池の周りを寒風と寄る年波に負けず、万歩計を腰につけ、ジョギングに出かけましょう。

東京ファミリーマラソン2012

ゴールに入った時
二人とも万歳、
そして、ハイタッチ

東京マラソンファミリーラン2012（※）のゴールである

小学校五年生の辰光と
東京マラソンファミリーランに参加することになった
辰光のパパは東京マラソンに参加する
その代役を務めるのだ

だから
住まいに近い不忍池の回りを
万歩計を腰に付け　ジョギングしてきた
マンションの三百段の階段を
日に一回は　上り下り
長男と通っているピラティスの先生に
四十代の脚力と褒められた私
でも
会場までどう行けばいいのか
さっぱりわからない
辰光にJRの上野から
電車に乗って
それから　それからはわからない

辰光に引かれて善光寺参りのようなものだ
スタート地点は
子連れの人、人、人
色とりどりのランニング姿
目がちかちかする
まぶしい位
千組もの親子連れが集まっている
でも孫と並んでいるペアは見当たらない
お父さんかお母さんかである
でも私はババのつもりはない

スタートの号砲が鳴る
辰光は手をつないで
メンマのペースに合わせてくれる
でも孫に負けてはいられない
三十年前　四十六歳で
ホノルルマラソンを完走したプライドがある
走りながら
ホノルルマラソンで
やっとゴールしたときに見た虹を思い浮かべる
七色の大きな虹だった
水平線で分けられた空と海をキャンパスに
幾重にも重なる虹だった

あのときと比べると
距離はわずか一・八キロ
二十五分の一以下
時間にしても　わずか　二十分足らず
あっという間のゴールインで
物足りない
でもあの時とは違った感動と喜び
辰光も満足した笑顔を見せてくれる
涙でくしゃくしゃになった私の顔を
辰光は
いつまでも忘れないに違いない

（注）※東京マラソンファミリーラン２０１２は、平成二十四年二月二十六日（日）、東京マラソンのサブイベントとして、東京都広域防災公園から東京ビッグサイトまでのコースで行われた。千組二千人が抽選で参加。小学生四・五・六年生は、一・八キロメートルを二十分以内で完走する。

あとがき

いきなり、原稿用紙に自分の思いをぶつける魅力は新鮮で、久しぶりに脳細胞が活性化され、心が幸福でいっぱいになります。

思えば、幼いころ、自分の思いを人に伝えられずに泣いてばかりいた私が、文章を書く術《すべ》を学べたことは、人生の黄昏に至福を手にしたに等しいように思います。この宝を反故《ほご》にしたくはありません。夕暮れだからこそ、理想というカンテラを高く掲げ、情熱をいっそう燃やし続ける自分でありたいと思います。

毎月一点ずつ書いてきた作品がこのような形となりました。

「普請場《ふしんば》の足場でなく、小さくても後から本づくりをされる方の土台石にならなくては……」とわが身に言いきかせ、ようやく一冊にまとまることが叶い、身の引き締まる思いがします。

拙い文章を最後までお読みいただき、皆さまに心から感謝申し上げます。

著者

刊行にあたって

家内の八十江とは、実に六十一年を共にしました。

家内は、姑、舅、従業員などの大所帯の中、二十二歳で嫁いできて、三人の子供を育てつつ、常に私を支えてくれました。

妻として、私を立て尽くしてくれましたが、一方では、ある意味で私の生き方の見本でもありました。

たとえば、「苦難の道」と「楽な道」の二つがあったら、いつも厳しい道を選んでいくという姿勢です。私はそれを見て、「ああ、そうじゃなしに」と多少はつっかかっていくこともありましたが、彼女はそれでも貫いていく姿勢を崩さず、わざわざ難局に向かって気高く歩んでいく後ろ姿は、頼もしくも神々しくもありました。

また、家内は、愛情深い人間でした。

困っている人がいると、耳を傾け、その解決まで粘り強く寄り添う時間を大事にしていました。

人の話を聴きながら、無言で涙を流すこともよくありました。

ただ、そうした相談事の中では、時には相手に振り回されてしまうこともあったり、逆恨みされたり、私だったら腹を立てるようなこともあったのですが、そんな時でも決して怒らず、自省するようにしていたのは驚きでもありました。

とにかく愛情が深いというか、ひたむきに尽くす姿勢があったと思います。

また、心の中がとても豊かな人間でした。常に明るい気持ちをもって、絵を描いたり、文章を書いたり、運動やマラソンをしたり、さまざまな交友関係の輪を広げ、視野を広く持って生きる姿は、充実した人生であったと思います。

淡々とした歩みの中で、困難を乗り越え、その乗り越えた時に見せる喜び。

そういう意味では、この本書の中での家内の姿は、まさにタイトルの通り、「心に虹があれば奇跡がおこる」という印象があります。

心の中に虹を持つ――それは人生の苦難を乗り越えた時、〝雨上がり〟の時に顔を見せる、透明な輝きをもって空にアーチを架ける、七色に輝くような「豊かな人生の姿」であるかもしれません。

そんなささやかな家内の生き方から、少しでも何かを汲み取っていただければ、これ以上の幸福はありません。

この本の発刊にあたり、石原結實先生ならびに青萠堂尾嶋四朗氏には大変お世話になりました。心よりの謝辞を申し上げます。

伊藤一郎

著者紹介

東山 虹子（ひがしやまこうこ）

本名　伊藤 八十江（いとうやそえ）

昭和11年8月25日、愛知県名古屋市東区長塀町（現・白壁町）にて、父・松浦香、母・紅子の七人兄弟の次女として生まれる。昭和34年、伊藤一郎と結婚。東京都墨田区へ。二男、一女をもうける。

夫・一郎氏をたえず支え、信仰心に篤く周囲の人々を助け皆から愛されて、山あり谷ありの人生を前向きに真摯に乗り越えてきた。夫とホノルルマラソンをはじめ、全国のマラソンレースに参加した健脚の持ち主であり、文章、絵画、歌唱もこよなく愛する多彩な趣味人でもあった。妻として、母として愛情を注ぎながら、凛とした人柄で、明るく一生懸命生き抜いた。

カバー装画及び本文挿画・伊藤八十江
カバーデザイン・斎藤美来
本文デザイン・青鹿麻里

心《こころ》に虹《にじ》があると奇跡《きせき》がおこる

2021年5月27日　第1刷発行

著　者　東山《ひがしやま》 虹子《こうこ》
発行者　尾嶋 四朗
発行所　株式会社 青蒴堂

〒162-0808　東京都新宿区天神町13番地
Tel　03-3260-3016
Fax　03-3260-3295
印刷 / 製本　中央精版印刷株式会社

ISBN978-4-908273-25-4 C0095